KILLING EVE

NOME DE CÓDIGO VILLANELLE

LUKE JENNINGS

KILLING EVE

NOME DE CÓDIGO VILLANELLE

LUKE JENNINGS

MINOTAURO

Título original:
Codename Villanelle

Autor:
Luke Jennings

Originally published as ebook singles: CODENAME VILLANELLE, HOLLOWPOINT, SHANGHAI and ODESSA

Tradução:
Patrícia Caixeirinho / Lufada de Letras

Revisão:
Cátia Loureiro e Ana Breda

Capa:

Paper Talk
Sobre imagem cedida por BBC America

Biblioteca Nacional de Portugal – Catalogação na Publicação

JENNINGS, Luke

Nome de código Villanelle : killing Eve

ISBN 978-989-8866-70-7

CDU 821.111-31"20"

Depósito Legal n.º 461637/19

Paginação:
Aresta Criativa – Artes Gráficas

Impressão e acabamento:
Papelmunde

para
Minotauro
outubro de 2019

MINOTAURO, uma chancela de Edições Almedina, S.A.
LEAP CENTER – Espaço Amoreiras - Rua D. João V, n.º 24, 1.03 - 1250-091 Lisboa – Portugal

1

O Palazzo Falconieri localiza-se num promontório junto de um dos mais pequenos lagos de Itália. Estamos em finais de junho e uma brisa leve toca os pinheiros e os ciprestes que se agrupam, como sentinelas, em redor da península rochosa. Os jardins são imponentes e talvez até bonitos, mas as sombras profundas dão ao lugar uma atmosfera sinistra, acentuada pelas linhas austeras do próprio Palazzo.

O edifício que fica de frente para o lago possui uma fachada repleta de janelas altas através das quais é possível vislumbrar cortinas de seda. A ala este, outrora um salão de banquetes, funciona agora como sala de conferências. Ao meio, sob um pesado candelabro *art déco*, existe uma mesa comprida, sobre a qual está disposta a escultura de bronze de uma pantera, de Bugatti.

À primeira vista, os 12 homens sentados em redor da mesa parecem normais. Bem-sucedidos, a julgar pela roupa cara que envergam. A maioria terá 50 e muitos ou 60 e poucos anos, com rostos que facilmente esqueceríamos. Há um certo estado de alerta entre eles, o que não é comum, ainda assim.

A manhã passa-se em discussão, que é conduzida em russo e em inglês, as línguas comuns a todos os presentes. Segue-se um almoço leve — as entradas, um prato de truta do rio, vinho Vernaccia fresco, figos e alperces —, servido no terraço. Após isto, os 12 homens servem-se de café, contemplam a vastidão do lago, que estremece ao sabor da brisa, e caminham pelo jardim. Não há seguranças por ali, porque a este nível de secretismo os seguranças, por si só, são um risco. Não demoram a regressar aos seus lugares na sala de conferências obscurecida. A agenda do dia é simplesmente intitulada de «EUROPA».

O primeiro orador é uma figura de tez escura e intemporal, de olhar profundo. Olha em redor.

— Esta manhã, meus senhores, discutimos o futuro político e económico da Europa. Conversámos, em particular, sobre o fluxo de capital e as melhores formas de o controlar. Durante esta tarde, quero falar-vos de uma economia diferente.

A sala obscurece-se e os 12 homens viram-se para encarar o ecrã na parede norte, que mostra uma imagem de um porto mediterrânico, de navios porta-contentores e guindastes de cavalete que transportam as mercadorias dos navios para terra.

— Palermo, meus senhores, é hoje o principal ponto de entrada de cocaína na Europa. É resultado de uma aliança estabelecida entre os cartéis de droga mexicanos e a máfia siciliana.

— Os sicilianos não tinham perdido toda a sua influência? — pergunta um homem pesado à esquerda do orador. — Tinha a ideia de que são os sindicatos do continente que gerem o negócio da droga nos dias de hoje.

— Costumava ser assim. Até há 18 meses, os cartéis negociavam sobretudo com a 'Ndrangheta, da região italiana da Calábria, no sul do país. Mas, nos últimos meses, irrompeu uma guerra entre os calabreses e um clã siciliano que está a ressurgir, os Grecos.

Surge um rosto no ecrã. Os olhos escuros e frios são observadores. A boca, um túmulo de aço.

— Salvatore Greco dedicou a sua vida ao renascimento da influência da sua família, que perdeu o lugar na estrutura de poder da Cosa Nostra na década de 1990, na sequência do assassinato do pai de Salvatore, levado a cabo por um membro da família Matteo, sua rival. Um quarto de século depois, Salvatore perseguiu e executou todos os membros sobreviventes dessa família. Os Grecos e os seus sócios, os Messinas, são as famílias mais ricas, poderosas e temidas de entre todos os clãs sicilianos. Salvatore é conhecido por ter matado, ele mesmo, pelo menos 60 pessoas, e por ter ordenado o assassinato de largas centenas. Hoje, aos 55 anos, o seu poder sobre Palermo e o narcotráfico é absoluto. As suas empresas, a nível mundial, rendem cerca de 20 a 30 mil milhões de dólares. Cavalheiros, ele é, praticamente, um de nós.

Uma gargalhada débil, ou coisa parecida, percorre a sala.

— O problema com Salvatore Greco não é a sua predileção pela tortura e pelo assassínio — continua. — Quando os mafiosos matam mafiosos, é como um sistema de limpeza autónoma. Mas mais recentemente, começou a ordenar o assassínio de membros do Estado. Até à data, registam-se as mortes de dois juízes e quatro magistrados seniores, todos mortos por bombas instaladas em carros, e de uma jornalista de investigação, que foi morta a tiro no mês passado, à entrada do seu apartamento. A jornalista estava grávida quando foi morta. A criança não sobreviveu.

Faz uma pausa e olha para o ecrã, que mostra a imagem da mulher morta, estendida de braços e pernas abertos no chão, numa poça de sangue.

— Escusado será dizer que não foi possível ligar diretamente Greco a nenhum destes crimes. A polícia foi subornada e ameaçada, as testemunhas, intimidadas. O código do silêncio, ou *omertà*, prevalece. Este homem é, para todos os efeitos, intocável. Há um mês, enviei um intermediário para agendar uma reunião com ele, pois senti que precisávamos de encontrar algum tipo de acordo. As suas atividades neste canto da Europa tornaram-se tão excessivas, que ameaçam causar impacto nos nossos negócios. A resposta de Greco foi imediata. No dia seguinte, recebi uma encomenda selada. — A imagem no ecrã muda. — Continha, como podem ver, os olhos, orelhas e língua do meu sócio. A mensagem era clara. Não há reunião, nem discussão, nem acordo.

Os homens em redor da mesa observam as imagens macabras durante um instante e depois voltam a focar-se no orador.

— Meus senhores, creio que temos de tomar uma decisão executiva com respeito a Salvatore Greco. É uma força perigosa e incontrolável, que está além do alcance da lei. As suas atividades criminosas, e a devastação social que provocam, ameaçam a estabilidade do sector mediterrânico. Proponho que o eliminemos do jogo, permanentemente.

Levantando-se da cadeira, o orador caminha até uma mesa de apoio e regressa com uma caixa antiga lacrada. Retirando do interior um saco com atilhos de veludo negro, derrama o conteúdo sobre a mesa à sua frente. São 24 pequenos peixes de marfim, 12 dos quais envelheceram, ganhando um tom amarelado, e os outros 12 foram manchados de um vermelho-sangue-escuro. Cada homem recebe um par de peixes.

O saco de veludo percorre a mesa no sentido contrário ao dos ponteiros do relógio. Quando dá uma volta completa, é passado ao homem que propôs a votação. Mais uma vez, o conteúdo do saco é despejado sobre a superfície da mesa, que brilha vagamente. Doze peixes vermelhos. Uma sentença de morte unânime.

Passaram-se 15 dias desde a decisão dos magnatas. Num final de tarde, em Paris, Villanelle está sentada a uma mesa na esplanada do Le Jasmin, um clube privado só para membros no 16.º *arrondissement*. De leste, chega-lhe o murmúrio do trânsito na Boulevard Suchet, a oeste fica o Bois de Boulogne e o hipódromo Auteuil. O jardim do clube é rodeado por uma treliça com jasmim em flor, cujo aroma enche o ar quente. A maioria das outras mesas está ocupada, mas a conversa é silenciosa. A luz desvanece-se, a noite aproxima-se.

Villanelle bebe um grande gole do seu martíni de vodca Grey Goose enquanto observa discretamente os arredores, prestando particular atenção ao casal da mesa ao lado. Ambos estão na casa dos 20 anos: ele com uma elegância despenteada, ela felina e soberba. Serão irmãos? Colegas? Amantes?

Com toda a certeza, não serão irmãos, decide. Existe entre eles uma tensão — uma cumplicidade — que é tudo menos de família. São seguramente ricos, ainda assim. A blusa de seda dela, por exemplo, é dourado-escura e condiz com os seus olhos. Não é nova, mas é Chanel. E estão a beber champanhe Taittinger *vintage*, que não sai barato no Le Jasmin.

Cruzando o olhar com o de Villanelle, o homem ergue a *flûte* de champanhe um ou dois centímetros no ar. Murmura algo à companheira, que lança um olhar frio e avaliador a Villanelle.

— Gostaria de se juntar a nós? — pergunta ela. É um desafio, bem como um convite.

Villanelle observa-a também, sem piscar os olhos. Uma leve brisa faz estremecer o ar perfumado.

— Não é uma obrigação — diz o homem, com um sorriso irónico, que contrasta com a tranquilidade do seu olhar.

Villanelle levanta-se e ergue o seu copo.

— Será um prazer. Estava à espera de uma amiga, mas deve ter-se atrasado.

— Nesse caso… — O homem coloca-se de pé. — O meu nome é Olivier. Esta é a Nica.

— Villanelle.

A conversa de circunstância decorre com fluidez. Olivier, descobre Villanelle, lançou recentemente a sua carreira como negociante de arte. Nica trabalha, de forma intermitente, como atriz. Não são familiares nem, após uma observação mais detalhada, deram impressão de serem amantes. Ainda assim, sentiu algo subtilmente erótico na cumplicidade deles e na forma como pareciam orbitar em torno um do outro.

— Sou especuladora a curto prazo — conta-lhes Villanelle. — Câmbios, taxas de juro, por aí.

Repara, satisfeita, na imediata diminuição de interesse nos olhares do par. Villanelle pode, se necessário, falar durante horas sobre especulação a curto prazo, mas eles não querem saber. Em vez disso, descreve o ensolarado apartamento de primeiro andar em Versalhes onde trabalha. O lugar não existe, mas consegue imaginar todos os pormenores até às volutas de ferro na varanda e ao tapete persa gasto que cobre o chão. A história é agora perfeita e o engano, como sempre, provoca nela um enorme prazer.

— Adoramos o seu nome, os seus olhos, o seu cabelo e, sobretudo, adoramos os seus sapatos — declara Nica.

Villanelle ri-se e flete os pés, calçados nuns Louboutins de cetim com tiras. Captando o olhar de Olivier, ela espelha deliberadamente a postura lânguida dele. Imagina as mãos experientes dele a deslizarem possessivamente sobre si. Imagina que ele a veria como um objeto bonito e colecionável. Naquele momento, ele deveria ter a ilusão de estar em controlo da situação.

— O que é que tem piada? — pergunta Nica, inclinando a cabeça e acendendo um cigarro.

— São vocês — diz Villanelle.

Como seria, pergunta-se, perder-se naquele olhar dourado? Sentir aquela boca fumarenta na sua? Agora está a divertir-se; sabe que tanto Olivier como Nica a desejam. Pensam que estão a manipulá-la, e Villanelle vai deixar que acreditem nisso. Será divertido manipulá-los, ver a que extremos estão dispostos a ir.

— Tenho uma sugestão — diz Olivier, mas, nesse momento, o telemóvel dentro da bolsa de Villanelle começa a piscar.

Surge uma mensagem com uma só palavra: DESVIAR. Levanta-se, sem expressão. Olha para Nica e Olivier, mas na sua mente eles já não existem. Sai dali sem dizer palavra e, em menos de um minuto, está a confluir com o trânsito, em direção a norte, na sua Vespa.

Há três anos que conheceu o homem que lhe enviou a mensagem. O homem que, até hoje, ela conhece apenas como Konstantin. As circunstâncias em que se encontrava, na altura, eram muito diferentes. O seu nome era Oxana Vorontsova, e estava oficialmente registada como aluna de Francês e Linguística na Universidade de Perm, no centro da Rússia. Dentro de seis meses, teria os exames finais. Era pouco provável, no entanto, que alguma vez entrasse na sala de exames da universidade, uma vez que, desde o outono anterior, fora detida inevitavelmente noutro lugar. Mais precisamente, no centro de detenção feminino Dobryanka, nos montes Urais. Acusada de homicídio.

* * *

O caminho entre o Le Jasmin e o apartamento de Villanelle, perto da Porte de Passy, é curto, demora talvez uns cinco minutos. O edifício da década de 1930 é enorme, comum e sossegado, com uma garagem subterrânea bem guardada. Após estacionar a Vespa ao lado do seu carro, um Audi TT Roadster prateado, veloz e anónimo, apanha o elevador até ao sexto piso e sobe o primeiro lanço de escadas até ao apartamento no topo do edifício. A porta da frente, apesar de ter o mesmo aspeto exterior das restantes, é de aço reforçado, e o sistema de fecho eletrónico, feito à medida.

Lá dentro, o apartamento é confortável e espaçoso, talvez até um pouco gasto. Konstantin entregara as chaves e o registo de propriedade a Villanelle há um ano. Ela não fazia ideia de quem lá vivera antes, mas a casa estava totalmente mobilada quando se mudou, e pelos móveis e decoração com décadas, imagina que fosse alguém idoso. Pouco interessada em decoração, deixou o apartamento como o encontrou, com os quartos em verde-água desbotado e azul-francês, e as estranhas pinturas pós-impressionistas.

Nunca ali recebe visitas — as reuniões profissionais acontecem em cafés e parques públicos, os seus encontros sexuais são sobretudo em hotéis —, mas, se o tivesse de fazer, cada pormenor do apartamento confirmaria a sua história ao centímetro. No escritório, o computador, uma fatia fina de aço inoxidável topo de gama, está protegido por um *software* de segurança civil que um pirata informático meio competente poderia rapidamente ultrapassar. Porém, a sua análise revelaria pouco mais do que os detalhes de uma conta de especulação a curto prazo bem-sucedida, e o conteúdo do arquivo também não é comprometedor. Não há sistema de música. A música, para Villanelle, é, no mínimo, uma irritação sem sentido e, no máximo, um perigo letal. A segurança reside no silêncio.

As condições no centro de detenção eram indescritíveis. A comida mal era comestível, o saneamento não existia e o vento gelado e entorpecedor que vinha do rio Dobryanka penetrava cada canto sombrio da instituição. A menor infração das regras resultava num período prolongado de *shiza*, ou seja, na solitária. Oxana estava ali havia três meses quando foi mandada sair da cela, marchar sem nenhuma explicação pelo pátio da prisão e entrar num veículo todo-o-terreno velho. Duas horas depois, nas profundezas de Perm Krai, o condutor interrompeu a marcha perto de uma ponte sobre o rio Chusovaya, congelado, e, sem uma palavra, conduziu-a até uma unidade pequena e pré-fabricada, ao lado da qual estava estacionado um Mercedes preto de tração às quatro rodas. Dentro da unidade, havia apenas espaço suficiente para uma mesa, duas cadeiras e um aquecedor a parafina.

Um homem vestido com um pesado casaco cinzento estava sentado numa das cadeiras e, para começar, limitou-se a olhar para ela. Observou o uniforme prisional coçado, as feições magras, a postura de desobediência obstinada.

— Oxana Borisovna Vorontsova — acabou ele por dizer, consultando uma pasta impressa sobre a mesa. — Idade, vinte e três anos e quatro meses. Acusada de triplo homicídio, com múltiplas circunstâncias agravantes.

Ela esperou, olhando pela janela para uma pequena área de floresta coberta de neve. O homem tinha um aspeto normal, mas soube assim que olhou para ele que não podia ser manipulado.

— Dentro de 15 dias irás a julgamento — continuou ele. — E serás considerada culpada. Não existe outro resultado concebível, e, em teoria, poderás ser condenada à morte. Na melhor das hipóteses, passarás os próximos 20 anos da tua vida numa colónia penal que fará Dobryanka parecer um *resort* de luxo.

O olhar dela permaneceu sem expressão. O homem acendeu um cigarro, de marca importada, e ofereceu-lhe um. Isto ter-lhe-ia garantido uma dose extra de comida durante uma semana no centro de detenção, mas Oxana recusou-o com um abanar de cabeça quase impercetível.

— Encontraram três homens mortos. Um com a garganta cortada até ao osso, os outros dois com tiros na cara. Não é exatamente o comportamento esperado de uma finalista de Linguística da melhor universidade de Perm. A menos, talvez, que ela fosse a filha de um instrutor de batalha da Spetsnaz. — Deu uma passa no cigarro. — Tinha uma bela reputação, o sargento sénior Boris Vorontsov. Algo que não o ajudou quando se desentendeu com os gângsteres para quem trabalhava ocasionalmente. Alvejado nas costas e deixado a morrer na rua, como um cão. Um fim pouco adequado para um veterano condecorado de Grózni e Pervomayskoye.

De debaixo da mesa o homem tirou um frasco e dois copos de papel. Verteu-o lentamente, para que o aroma de chá forte se infundisse no ar frio. Acenou com um copo na direção dela.

— O Círculo dos Irmãos. Uma das organizações criminosas mais violentas e impiedosas da Rússia. — Abanou a cabeça. — No que é que estavas a pensar, exatamente, quando decidiste executar três dos seus soldados rasos?

Ela desviou o olhar, com uma expressão de desdém.

— Ainda bem que a polícia te encontrou antes do Círculo dos Irmãos, senão não estaríamos aqui. — O homem deitou a beata do cigarro ao chão e apagou-a com uma pisadela. — Mas tenho de admitir que foi um trabalho eficiente. O teu pai ensinou-te bem.

Ela voltou a olhar para ele. Cabelo escuro, estatura média, talvez uns 40 anos. O olhar dele era regular e os olhos eram quase solidários, mas não exatamente.

— Mas desleixaste-te com a regra mais importante. Deixaste-te apanhar.

Ela tomou um gole cauteloso de chá. Esticou a mão sobre a mesa, pegou num cigarro e acendeu-o.

— Então quem é você?

— Sou alguém com quem poderás falar livremente, Oxana Borisovna. Mas primeiro, por favor, confirma a veracidade do seguinte. — Tirou um molho de papéis dobrados do bolso do casaco. — A tua mãe, que era ucraniana, morreu quando tinhas sete anos, de cancro da tiroide, quase de certeza consequência da exposição à radiação proveniente do desastre no reator de Chernobil, 12 anos antes. Três meses depois da morte da tua mãe, o teu pai foi colocado na Chechénia, pelo que foste entregue temporariamente aos cuidados do orfanato Sakharov, em Perm. Passaste 18 meses no orfanato, durante os quais os funcionários repararam nas tuas capacidades académicas excecionais. Também identificaram outras características, incluindo o facto de molhares a cama habitualmente e uma incapacidade quase absoluta de formares laços com as outras crianças.

Ela exalou, o fumo criou uma pluma cinzenta no ar frio, e tocou com a ponta da língua numa cicatriz que tinha no lábio superior. O gesto, tal como a cicatriz, foi pouco percetível, mas o homem do casaco viu-o e reparou nele.

— Aos dez anos, o teu pai foi recolocado, desta vez no Daguestão. Voltaste para o orfanato Sakharov, onde, após três meses, te descobriram a atear fogo ao bloco de dormitórios, e foste transferida para a unidade psiquiátrica do Hospital Municipal Número 4, em Perm. Contra os conselhos do teu psiquiatra, que te diagnosticou um distúrbio de personalidade sociopata, devolveram-te ao teu pai. No ano seguinte, ingressaste na escola secundária do Distrito Industrial. Aqui, mais uma vez, foste elogiada pelos teus resultados académicos — em particular, as tuas capacidades linguísticas — e, mais uma vez, repararam que não fazias nenhuma tentativa de fazer amigos ou de formar relações. Com efeito, ficou registado que estiveste envolvida em vários incidentes violentos, que suspeitavam terem sido instigados por ti.

» No entanto, formaste ligação com a tua professora de Francês, a menina Leonova, e ficaste extremamente agitada quando descobriste que ela tinha sido alvo de um crime violento de abuso sexual quando, certa noite, esperava pelo autocarro. O suposto criminoso foi detido, mas foi mais tarde libertado por falta de provas. Seis semanas mais tarde, foi descoberto numa floresta perto do rio Mulyanka, em choque e a perder sangue. Fora castrado com uma faca. Os médicos conseguiram salvar-lhe a vida, mas o atacante nunca foi identificado. Naquela altura, estavas perto dos 17 anos.

Ela pisoteou a beata contra o chão.

— Quer chegar a algum lado com isto?

O homem quase sorriu.

— Poderia mencionar a medalha de ouro que ganhaste pela prova de tiro nos Jogos Universitários em Ecaterimburgo. No teu primeiro ano de universidade.

Ela encolheu os ombros e ele inclinou-se para a frente na cadeira.

— Só aqui entre nós. Esses três homens no Pony Club, o que é que sentiste quando os mataste?

Ela olhou-o nos olhos com uma expressão vazia.

— Está bem, hipoteticamente. O que poderias ter sentido?

— Na altura, poderia ter sentido satisfação perante um trabalho bem executado. Agora... — Voltou a encolher os ombros. — Nada.

— Então, por nada, estás agora à beira de passar 20 anos em Berezniki, ou coisa parecida?

— Trouxe-me até aqui para me dizer isso?

— A verdade, Oxana Borisovna, é que o mundo tem um problema com pessoas como tu. Homens ou mulheres que nascem, tal como tu, sem consciência, ou a capacidade de sentir culpa. Representam uma pequena fração da população, mas sem vocês... — Acendeu outro cigarro e recostou-se na cadeira. — Sem predadores, pessoas que conseguem pensar no impensável, e que agem sem medo ou hesitação, o mundo fica parado. Tu és uma necessidade evolutiva.

Instalou-se um longo silêncio. As palavras dele confirmaram o que ela sempre soubera, no mais profundo do seu ser: ela era diferente, era especial, nascera para grandes voos. Olhou pela janela para o veículo que aguardava e os guardas que batiam com os pés na neve. Mais uma vez, a ponta da sua língua tocou por instantes o lábio superior.

— O que quer, então, de mim? — perguntou ela.

Konstantin contou-lhe o que desejava, sem poupar detalhes do que estava por vir. Ao ouvi-lo, era como se tudo na vida dela a tivesse encaminhado para aquele momento. A expressão de Oxana nunca se alterou, mas a excitação que irrompeu dentro dela era de uma força semelhante à da fome.

A luz desvanece-se sobre Paris. De uma gaveta da secretária do escritório, Villanelle tira um computador portátil novo da

Apple, ainda dentro da caixa, e abre-o. Não tarda a estar ligada a uma conta de Gmail, abrindo uma mensagem cujo assunto é «Jeff e Sarah — Fotografias de Férias». Há dois parágrafos de texto e uma dúzia de imagens em formato JPEG de um casal a explorar os pontos turísticos no Cairo e arredores.

> *Olá a todos!*
>
> *Divertimo-nos muito. As pirâmides são incríveis e a Sarah andou de camelo (vejam as fotografias anexas)! Voltamos no domingo: aterramos às 19h42, devemos estar em casa às 21h45. Um abraço — Jeff.*
>
> *P.S.: por favor, anotem o novo* e-mail *da Sarah, SMPrice88307@gmail.com.*

Ignorando as letras e as palavras, Villanelle extrai os números. Estes compõem uma palavra-passe de uso único, que lhe permite aceder aos dados comprimidos nas imagens JPEG com um aspeto inofensivo. Recorda as palavras do designer de sistemas indiano que lhe ensinara tudo sobre comunicações codificadas: «As mensagens encriptadas são excelentes, mas mesmo que sejam absolutamente indecifráveis, atraem atenção. É muito melhor garantir, de raiz, que ninguém suspeita da existência da mensagem.»

Olha para as fotografias. Uma vez que são ricas em detalhes, com uma resolução excelente, podem conter uma carga substancial de dados. Dez minutos depois, Villanelle consegue extrair todo o texto oculto, que compila num único documento.

Um segundo *e-mail* intitulado «Telemóvel do Steve» contém uma mensagem mais breve, apenas um número de telemóvel e seis imagens JPEG de um jogo de futebol de um clube amador. Repete o processo anterior, mas desta vez extrai uma série de retratos fotográficos. Todos mostram o mesmo homem. Os olhos são escuros, quase negros, e a expressão da boca é dura. Olha para as fotografias. Nunca vira aquele homem, mas algo lhe é familiar naquele rosto. Uma espécie de vacuidade. Demora alguns instantes a recordar onde já vira aquela expressão. No espelho. Nos seus próprios olhos. O documento de texto intitula-se «Salvatore Greco».

Um dos atributos invulgares que levaram os seus atuais empregadores a escolhê-la foi a sua memória fotográfica. Demora 30 minutos a ler o documento Greco e, quando termina, consegue recordar cada página como se a tivesse diante dos olhos. O documento, feito com base em ficheiros da polícia, registos de vigilância e de tribunal e testemunhos de informantes, é um retrato pessoal exaustivo. Considerando todos os dados, ainda assim, é frustrante por ser tão escasso. Uma linha temporal da carreira de Greco até à data. Um perfil psicológico do FBI. Um registo, em grande parte hipotético, da sua situação doméstica, dos seus hábitos e propensões sexuais. Uma lista de propriedades registadas em seu nome. Uma análise dos seus sistemas de segurança.

O retrato que emerge mostra um homem de gostos austeros. Patologicamente avesso à atenção pública, é perito em escapar-lhe, mesmo na era da comunicação de massas. Ao mesmo tempo, o seu poder provém, em grande parte, da sua reputação. Numa região do mundo onde a tortura e o assassinato são habituais, a ferocidade de Greco diferencia-o. Quem se atrever a cruzar-se no seu caminho ou a questionar a sua autoridade é eliminado, habitualmente com uma crueldade espetacular. Os seus rivais viram as respetivas famílias serem assassinadas, os informantes foram descobertos degolados e com as línguas puxadas para fora através dos cortes.

Villanelle observa a cidade. À esquerda, a silhueta da Torre Eiffel contrasta com o céu vespertino. À direita, fica a massa escura da Torre Montparnasse. Reflete sobre Greco. Considera o requinte pessoal em oposição ao horror barroco das suas ações e ordens. Haverá forma de ela utilizar esta contradição a seu favor?

Volta a ler o documento, atentando em cada frase, em busca de uma possível entrada. A residência principal de Greco, uma quinta numa aldeia nos arredores de Palermo, é uma fortaleza. A família vive lá, protegida por uma equipa leal e vigilante de seguranças armados. A esposa, Calogera, raramente sai de casa; a única filha do casal, Valentina, vive numa aldeia vizinha e é casada com o filho mais velho do *consigliere* do seu pai. A região possui dialeto próprio e um historial de hostilidade renitente para com estranhos. Aqueles que Greco quer encontrar — membros de clãs aliados, possíveis sócios, o seu alfaiate, o barbeiro — são convidados a visitar a sua casa, onde são revistados e, se necessário, desarmados. Quando Greco sai de casa para visitar a sua amante em Palermo, é invariavelmente acompanhado por um condutor armado e pelo menos dois guarda-costas. Estas visitas parecem não apresentar nenhum padrão previsível.

Um documento específico desperta o interesse de Villanelle. É um recorte com cinco anos do jornal italiano *Corriere della Sera*, que relata o acidente quase fatal sofrido por um dos jornalistas do periódico em Roma. De acordo com Bruno De Santis: «Estava a sair de um restaurante em Trastevere quando um carro acelerou em direção a mim no lado errado da rua. Só me recordo de estar no hospital; foi uma sorte ter sobrevivido.»

A sugestão não-muito-subtil de De Santis é que esta tentativa de homicídio é consequência de um artigo que escrevera para o *Corriere* um mês antes, sobre uma jovem soprano siciliana chamada Franca Farfaglia. No artigo, criticara Farfaglia por ter aceitado uma doação feita por Salvatore Greco, «o famoso chefe do crime organizado», em prol dos estudos da cantora na Academia de Teatro La Scala, em Milão.

É um artigo corajoso e talvez imprudente, mas Villanelle não está interessada em De Santis. Em vez disso, questiona o que terá inspirado a generosidade de Greco para com Farfaglia — não que ele não tivesse bolsos para uma miríade de gestos do género. Seria o amor pela ópera, a vontade de ajudar uma conterrânea talentosa a alcançar o seu potencial, ou um desejo mais básico?

Uma busca na Internet produz uma série de imagens de Farfaglia. De aparência autoritária, com traços orgulhosos e severos, parece ter mais de 26 anos. Várias destas imagens reaparecem no website da cantora, onde há uma narração da sua carreira até à data, uma variedade de críticas às suas atuações e o seu calendário para os próximos meses. Analisando a lista de compromissos, Villanelle interrompe-se. Estreita os olhos e toca com a ponta de um dedo na cicatriz do lábio. Depois, clicando na hiperligação, chega ao website do Teatro Massimo de Palermo.

O treino de Oxana durou quase um ano.

O pior foi o início. Seis semanas de treino de condição física e combate desarmado numa extensão solitária e fustigada pelo vento da costa do Essex. Chegou no início de dezembro. O treinador era um antigo instrutor da unidade de Special Boat Service (SBS) chamado Frank, uma figura taciturna e nodosa, com cerca de 60 anos, e um olhar tão gelado quanto o mar do Norte. A sua fatiota habitual, que usava em todas as estações do ano, era um fato de treino de algodão gasto e um par de ténis velhos. Frank era impiedoso. Oxana estava demasiado magra e em fraca condição física após os meses passados no centro de detenção de Dobryanka, e durante a primeira quinzena, as corridas intermináveis pelos pântanos, com o vento a cortar-lhe a cara e a lama costeira gordurosa a sugar-lhe as botas, foram uma tortura.

Foi a determinação que a susteve. Tudo, mesmo a morte por exposição no lodaçal, era melhor do que regressar ao sistema penal russo. Frank não sabia quem ela era e não queria saber. Tinha ordens para, simplesmente, a deixar em condições de combate. Durante o curso, Oxana vivia num abrigo Nissen sem aquecimento, numa ilha cheia de lama e seixos que se ligava ao continente através de uma calçada de terreno húmido de quatrocentos metros de comprimento. Durante a Guerra Fria, aquele lugar servira de primeira estação de vigia, e uma parte desse seu propósito apocalíptico e obscuro mantinha-se.

Na primeira noite, Oxana tivera tanto frio que não conseguira dormir, mas a partir daí a exaustão tomou a dianteira, e às 21h ela já estava enrolada no único cobertor que tinha, morta para o mundo. Frank pontapeava a porta de ferro corroído todas as manhãs às 4h, atirando-lhe depois as rações do dia — habitualmente, um cantil plástico de água e um par de latas de carne e vegetais processados — e deixando-a a vestir a *T-shirt*, as calças e as botas de combate, obviamente ainda encharcadas do dia anterior. Durante duas horas, corriam repetidamente alguns circuitos na ilha, ou pelo meio do lodaçal cinzento ou ao longo da linha da maré gelada, regressando após isso ao abrigo Nissen para beber chá e aquecer uma lata de ração de almoço num pequeno fogão de hexamina. Ao nascer do sol, voltavam a sair, carregando sobre o lamaçal até Oxana começar a vomitar de fadiga.

Durante as tardes, à medida que a escuridão se aproximava, treinavam o combate corpo a corpo. Ao longo dos anos, Frank pegara em elementos do jiu-jítsu, de luta de rua e outras técnicas e refinara-as, incluindo-as numa única disciplina. A ênfase era colocada na improvisação e na velocidade, e as sessões de treino eram frequentemente conduzidas no mar, com água até aos joelhos, com lama e seixos que se movimentavam perigosamente por baixo dos seus pés. Compreendendo que o inglês da rapariga era fraco, Frank ensinava através de exemplos físicos. Oxana julgava que sabia um pouco de luta, pois tinha aprendido as noções básicas do Systema Spetsnaz com o pai, mas Frank parecia antecipar cada movimento que ela tentava, evitando os golpes dela com uma facilidade impressionante, lançando-a depois, mais uma vez, para a água gelada do mar.

Oxana achava que nunca odiara ninguém como odiava o antigo instrutor do SBS. Ninguém, nem no orfanato de Perm, nem na unidade de detenção de Dobryanka, a tinha humilhado e rebaixado tão sistematicamente. O ódio tornou-se numa raiva latente. Ela era Oxana Borisovna Vorontsova, e vivia segundo regras que poucos conseguiriam sequer compreender. Ela derrotaria este *angliski ublyodok*, este filho de puta, nem que morresse a tentar.

No final de uma tarde na última semana, andavam à volta um do outro na maré que subia. Frank tinha uma faca Gerber com uma lâmina de vinte centímetros, Oxana estava desarmada. Frank fez o primeiro movimento, passando a lâmina oxidada tão perto da cara dela que Oxana pôde sentir a brisa à passagem da dita, baixando-se e ripostando com um soco veloz nas costelas dele. O instrutor sentiu um impacto por segundos, e quando fez o segundo arremesso com a Gerber, ela estava fora de alcance. Dançaram para trás e para a frente, e Frank tentou atingi-la no peito. O corpo dela foi mais veloz do que o cérebro. Virando-se ligeiramente, ela agarrou-lhe o pulso, torceu-o na direção para a qual já estava virado e pontapeou-lhe as pernas, fazendo-o escorregar. À medida que Frank caía para trás, para dentro de água, de braços abertos, ela já levantava o joelho para lhe esmagar a mão que segurava a faca contra os seixos — «Controla a arma, depois o homem», recomendara-lhe sempre o pai — e, quando o instrutor libertou a Gerber involuntariamente, atirou-se para a frente, para o suster debaixo de água. Em cima dele, empurrou-lhe a cabeça para trás com a palma da mão e observou as expressões de agonia do rosto do homem quando começou a afogar-se.

Era interessante — até fascinante —, mas queria-o vivo para que reconhecesse o seu triunfo, por isso arrastou-o até à costa, onde ele se colocou de lado e cuspiu jorros de água salgada. Quando, por fim, reabriu os olhos, Oxana sustinha a ponta da faca Gerber junto ao pescoço dele. Ao cruzarem olhares, ele acenou, derrotado.

Uma semana mais tarde, Konstantin foi buscá-la, olhando-a de cima a baixo numa aprovação silenciosa enquanto ela esperava, com uma mochila pendurada num dos ombros, na faixa lamacenta que levava à calçada.

— Estás com bom ar — disse ele, enquanto registava a nova postura de confiança dela e as suas feições queimadas pelo vento e pelo sal.

— Sabes que ela é uma psicopata — disse Frank.

— Ninguém é perfeito — respondeu Konstantin.

Dois dias depois, Oxana voou até à Alemanha para um treino de fuga e evasão de três semanas, na escola montanhosa de guerra em Mittenwald. Foi atribuída a um quadro das Forças Especiais da OTAN e, de acordo com o seu disfarce, estava em destacamento numa unidade de antiterrorismo do Ministério da Administração

Interna russo. Na segunda noite, enterrada em neve, sentiu dedos rápidos puxarem o fecho do seu saco-cama. Na escuridão, irrompeu uma luta silenciosa, mas furiosa, e no dia seguinte dois dos soldados da OTAN tiveram de ser levados da montanha de helicóptero, um com um tendão do antebraço cortado, e o outro com uma facada na palma da mão. Depois disso, ninguém a voltou a incomodar.

Logo a seguir a Mittenwald, levaram-na até umas instalações do Exército americano em Fort Bragg, na Carolina do Norte, onde foi sujeita a um programa avançado de Resistência ao Interrogatório. Este programa era propositadamente atormentador e fora concebido para induzir níveis de *stress* e ansiedade máximos nos seus sujeitos. Logo após a chegada, Oxana foi despida pelos guardas de sexo masculino e enfiada numa cela sem janelas e com iluminação forte que estava vazia, com exceção de uma câmara de circuito fechado montada no alto de uma parede. O tempo passou, hora após interminável hora, mas apenas lhe deram água, e sem uma casa de banho, foi forçada a usar o chão. A cela não demorou a começar a feder, e o estômago revirava-se de fome. Se tentasse dormir, a cela começava a reverberar com ruído branco, ou com vozes eletrónicas que repetiam frases sem sentido num volume de fazer rebentar os tímpanos.

No final do segundo dia — ou poderia já ser o terceiro —, vendaram-na e levaram-na para outra parte do edifício onde foi questionada, em russo fluente e durante horas a fio, por interrogadores invisíveis. Entre estas sessões, nas quais lhe ofereciam comida em troca de informação, foi forçada a adotar posições de *stress* humilhantes e torturantes. Esfomeada, privada de sono e seriamente desorientada, entrou num estado semelhante a um transe, no qual os limites dos seus sentidos ficaram difusos. Conseguiu, não obstante, agarrar-se a um sentido vestigial de existência, e à ideia de que a experiência teria um fim. Independentemente de quão assustadora e humilhante fosse a experiência, era preferível a uma vida na ala segura da colónia penal dos montes Urais. Quando determinaram que o exercício chegara oficialmente ao fim, Oxana começava, de forma profundamente perversa, a desfrutar dele.

Seguiram-se mais cursos. Um mês de familiarização com armas num campo a sul de Kiev, na Ucrânia, seguido de mais três numa escola russa de francoatiradores. Esta não era a afamada instituição nos arredores de Moscovo onde os destacamentos Alfa e Vympel da Spetsnaz treinavam, mas um edifício muito mais remoto perto de Ecaterimburgo, gerido por uma empresa de segurança privada cujos instrutores não faziam perguntas. Regressar à Rússia foi estranho para Oxana, mesmo com a identidade falsa que Konstantin providenciara. Ecaterimburgo ficava, afinal de contas, a menos de 322 quilómetros de onde ela crescera.

Contudo, não tardou a que o embuste começasse a trazer uma certa satisfação impetuosa.

— Oficialmente, a Oxana Vorontsova já não existe — informou-a Konstantin. — Um certificado emitido pelo Hospital Clínico Regional de Perm indica que ela se enforcou na própria cela no centro de detenção de Dobryanka. Os arquivos municipais mostram que foi enterrada à custa de dinheiros públicos no cemitério do Distrito Industrial. Acredita que ninguém tem saudades dela nem anda à procura dela.

A escola urbana de francoatiradores Severka fora construída em redor de uma aldeia deserta. No período soviético, fora o lar de uma comunidade de cientistas em ascensão que estudava os efeitos da exposição às radiações; agora era uma aldeia-fantasma, povoada apenas por bonecos de tamanho real, dispostos estrategicamente por trás de janelas de vidro laminado e ao volante de veículos esqueléticos e oxidados. Era um lugar sinistro, silencioso, com exceção do vento que assobiava entre os edifícios vazios.

O treino básico de Oxana exigia a utilização da espingarda Dragunov padrão. Não demorou a evoluir para a VSS, ou Espingarda Especial de Francoatiradores. Com a sua leveza excecional e o silenciador integrado, era a arma urbana ideal. Quando saiu da escola Severka, já disparara milhares de balas numa miríade de condições operacionais, e em menos de um minuto era capaz de chegar ao ponto de disparo com a VSS dentro da sua caixa de polistireno, montar a arma, apontar a mira, calcular a velocidade do vento e outros vetores, e depois disparar um tiro letal na cabeça ou no corpo («um tiro, uma morte», nas palavras do seu instrutor) a uma distância de até quatrocentos metros.

Oxana sentia-se a mudar, e os resultados agradavam-lhe. As suas capacidades de observação, as capacidades sensoriais e as velocidades de reação tinham sido extraordinariamente melhoradas. Psicologicamente, sentia-se invulnerável, mas, na verdade, sempre soubera que era diferente das outras pessoas. Não sentia nada do que os restantes sentiam. Quando os demais experienciariam dor ou terror, ela conhecia apenas uma certa frieza. Aprendera a imitar as respostas emocionais dos outros — os seus medos, as suas incertezas, a sua necessidade desesperada de afeto —, mas nunca as sentira verdadeiramente. Sabia, contudo, que para conseguir passar despercebida no mundo era essencial usar a máscara da normalidade, e disfarçar toda a sua diferença.

Aprendera, muito jovem, que as pessoas podem ser manipuladas. O sexo é útil neste âmbito, e Oxana adquiriu um apetite voraz. Não tanto pelo ato em si, apesar de este conceder os seus prazeres, mas mais pela excitação da perseguição e pelo domínio psicológico. Para seus amantes, gostava de escolher figuras de autoridade. As suas conquistas incluíam professores de ambos os géneros, um colega do pai dela na Spetsnaz, uma jovem pertencente a uma academia militar em Cazã contra a qual competira nos Jogos Universitários e, a mais satisfatória de todas, a psicoterapeuta que lhe fora recomendada para avaliação no seu primeiro ano de universidade. Oxana nunca sentira a mínima necessidade de que gostassem dela, mas ser desejada provocava-lhe uma profunda satisfação. Ver o olhar da sua conquista — aquele derreter final de todas as resistências — que lhe dizia que a transferência de poder estava completa.

Não que isto fosse, em qualquer ocasião, suficiente. Devido a toda a excitação feroz, aquele momento de submissão marcava, invariavelmente, o fim do interesse de Oxana. A história era sempre igual, mesmo com Yuliana, a psicoterapeuta. Ao ceder a Oxana, ao entregar o seu mistério, Yuliana tornou-se indesejável. E Oxana limitava-se a avançar, deixando a mulher mais velha despojada, com a sua autoestima pessoal e profissional em farrapos.

Após o curso de francoatiradora, aprendeu sobre explosivos e toxicologia em Volgogrado, sobre vigilância em Berlim, condução avançada e abrir fechaduras em Londres, e sobre gestão de identidades, comunicações e codificação em Paris. Para Oxana, que nunca saíra da Rússia até ao encontro com Konstantin na Ponte Chusovaya, as viagens internacionais eram vertiginosas. Cada curso era lecionado na língua do país em questão, testando a sua aptidão linguística ao limite e, frequentemente, deixando-a mental e fisicamente esgotada.

Ao longo de todo o processo, estava Konstantin, paciente e imperturbável, à margem. Mantinha uma distância profissional entre si e Oxana, mas foi compreensivo na meia dúzia de ocasiões em que a pressão fora demasiada e em que ela exigira, com frieza, que a deixasse sossegada.

— Tira um dia — disse-lhe ele em certa ocasião, em Londres. — Vai explorar a cidade. E começa a pensar no teu novo nome. A Oxana Vorontsova está morta.

Em novembro, o treino de Oxana estava praticamente terminado. Estava hospedada num hotel lúgubre de uma estrela no subúrbio parisiense de Belleville, e deslocava-se todos os dias até um edifício de escritórios anónimo em La Défense, onde um homem jovem de origem indiana lhe ensinava todas as subtilezas de esteganografia — a ciência de esconder informação secreta em ficheiros de computador. No último dia do curso, Konstantin apareceu, pagou a conta do hotel e acompanhou-a a um apartamento no Quai Voltaire, no Rive Gauche (margem esquerda do rio Sena).

O apartamento no primeiro andar estava mobilado com um estilo chique, frugal e minimalista. A sua moradora era uma mulher pequenina de aspeto feroz, vestida completamente de preto, que Konstantin apresentou como Fantine.

Fantine observou Oxana, pareceu pouco impressionada pelo que viu e pediu-lhe que caminhasse pela sala. Consciente da sua imagem, vestia com uma *T-shirt* gasta, umas calças de ganga e ténis, Oxana obedeceu. Fantine observou-a por um momento, virou-se para Konstantin e encolheu os ombros.

Assim começou a fase final da transformação de Oxana. Mudou-se para um hotel de quatro estrelas a duas ruas de distância e, a cada manhã, tomava o pequeno-almoço com Fantine no apartamento do primeiro andar. Às 9h, todas as manhãs, um carro vinha buscá-las. No primeiro dia, visitaram as Galeries Lafayette, na Boulevard Haussmann. Fantine deu uma volta com Oxana pelo armazém de lojas, ordenando-lhe que experimentasse uma série de roupas — roupa para o dia, roupa casual, conjuntos para a noite — e comprando-as, quer Oxana gostasse ou não delas. As roupas vistosas e justas que atraíam a atenção de Oxana eram dispensadas sem consideração por Fantine.

— Estou a tentar ensinar-lhe o estilo parisiense, *chérie*, não que se vista como uma prostituta das ruas de Moscovo, o que obviamente já sabe fazer.

No final do dia, o carro estava recheado com uma pilha alta de sacos de compras, e Oxana começava a apreciar a companhia da sua mentora impiedosamente crítica. Ao longo da semana que se seguiu, foram a sapatarias e casas de moda, espetáculos de alta-costura e de pronto a vestir, visitaram um empório *vintage* em Saint Germain, e o museu de moda e trajes no Palais Galliera. Em cada um destes locais, Fantine oferecia um comentário implacável. Isto é chique, inteligente e elegante; aquilo é grosseiro, de mau gosto e irremediavelmente vulgar. Certa tarde, Fantine levou Oxana a uma cabeleireira na Place des Victoires. As suas ordens para a cabeleireira eram de que esta devia seguir as escolhas dela e ignorar tudo o que Oxana sugerisse. Após isto, Fantine posicionou-a em frente de um espelho e Oxana passou uma mão pelo seu cabelo curto e de corte direito. Gostava do aspeto que Fantine criara para ela. O blusão de cabedal de designer, a *T-shirt* às riscas, as calças de cintura descida e os botins. Tinha um ar... parisiense.

Posteriormente, nessa mesma tarde, visitaram uma *boutique* que vendia perfumes na Rue du Faubourg Saint-Honoré.

— Escolha — disse Fantine. — Mas escolha bem.

Durante dez minutos, Oxana caminhou pela loja elegante, até parar em frente de uma vitrina de vidro. O assistente observou-a por um momento.

— *Vous permettez, Mademoiselle*? — murmurou ele, entregando-lhe um frasco de vidro fino com uma fita escarlate atada no gargalo.

Cautelosamente, Oxana derramou um pouco da fragrância de âmbar no pulso. Fresca como a aurora de um dia de primavera, mas com notas-base mais escuras, despertava algo no seu íntimo.

— Chama-se Villanelle — disse o assistente. — Era o aroma favorito da condessa du Barry. O perfumista acrescentou a fita após ela morrer na guilhotina, em 1793.

— Terei de ser cautelosa, nesse caso — disse Oxana.

Dois dias depois, Konstantin foi buscá-la ao hotel.

— O meu novo nome — disse ela. — Já o escolhi.

Ao cruzar a Piazza Verdi em Palermo, com os saltos a bater suavemente nas pedras da calçada, Villanelle olha para a majestosa fachada do maior teatro de ópera da Sicília, e de Itália também. As palmeiras erguem-se na praça, as suas folhas murmurando silenciosamente ao sabor da brisa cálida; os leões de bronze ladeiam a grande escadaria da entrada. Villanelle enverga um vestido de seda da casa Valentino e luvas de ópera que lhe chegam aos cotovelos da Fratelli Orsini. O vestido é vermelho, mas com um tom tão escuro que quase parece preto. Uma espaçosa bolsa da Fendi balança-lhe no ombro, presa por uma corrente fina. O rosto de Villanelle parece pálido à luz da noite, e o seu cabelo está apanhado com um gancho comprido e curvado. Tem um aspeto glamoroso, ainda que menos exuberante do que os das *socialites* em vestidos Versace e Dolce & Gabbana, que enchem o *hall* espelhado. As noites de estreia no Teatro Massimo são sempre ocasiões importantes, e esta noite oferece *Tosca*, de Puccini, uma das óperas mais populares de sempre. O facto de o papel principal ser interpretado por uma soprano local, Franca Farfaglia, torna a ocasião imperdível.

Villanelle compra um programa e passa do *hall* para o vestíbulo. O teatro está a encher depressa. Há um burburinho de conversa, o tinir silencioso de copos e um aroma a perfume caro. Os candeeiros de parede ornamentados pintam as decorações de mármore de um brilho suave amarelo-limão. No bar, pede uma água mineral e repara que está a ser observada por uma figura esguia e de cabelos escuros.

— Posso pedir-lhe algo mais... interessante? — pergunta ele, enquanto ela paga a água. — Um copo de champanhe, talvez?

Villanelle sorri. O homem terá uns 35 anos, calcula ela, mais ano, menos ano. Uma boa aparência saturnina. A camisa cinzento-metalizada está impecável e o *blazer* leve parece ser da Brioni. Mas o seu italiano tem laivos sicilianos e há uma ponta de ameaça no seu olhar.

— Não será necessário — diz ela. — Muito obrigada.

— Deixe-me adivinhar. Obviamente não é italiana, ainda que fale a língua. Francesa?

— Mais ou menos. É complicado.

— Então e gosta das óperas de Puccini?

— É claro — murmura ela. — Apesar de *La Bohème* ser a minha favorita.

— É por ser francesa. — Ele estica a mão. — Leoluca Messina.

— Sylviane Morel.

— O que a traz a Palermo, *Mademoiselle* Morel?

Sente-se tentada a terminar a conversa. A afastar-se. Mas ele pode segui-la, o que poderia piorar a situação.

— Vim visitar amigos.

— Quem?

— Não me parece que conheça.

— Ficaria surpreendida com as pessoas que conheço. E acredite, aqui todos me conhecem.

Virando-se ligeiramente, Villanelle permite que um sorriso repentino lhe ilumine o rosto. Acena na direção da entrada.

— Com a sua licença, *Signor* Messina. Os meus amigos chegaram.

A frase foi muito pouco convincente, e ela repreende-se ao movimentar-se pelo meio da multidão. Mas há alguma coisa em Leoluca Messina — uma relação prolongada com a violência — que a faz querer que ele esqueça o rosto dela.

Virá Greco, pergunta-se Villanelle, ao caminhar sem grande propósito pela multidão, analisando os rostos por que passa. De acordo com o contacto de Konstantin, que interrogou e subornou discretamente vários funcionários do teatro, o chefe da máfia marca presença na maioria das noites de estreia. Chega sempre no último momento e fica no mesmo camarote, que ocupa a sós e cujas portas são vigiadas por guarda-costas, no exterior. Foi impossível estabelecer se de facto comprou bilhete para aquela noite, o que é frustrante. Mas a sua protegida Farfaglia vai desempenhar o papel de soprano principal. Há boas hipóteses de que venha.

A grande custo, os associados de Konstantin tinham conseguido reservar o camarote ao lado daquele que Greco sempre preferia. Fica no primeiro renque, quase diretamente adjacente ao palco. Aos dez minutos para o início do espetáculo, e com o camarote à sua esquerda ainda desocupado, Villanelle entra naquele ninho de almofadados vermelhos. O camarote é simultaneamente público e privado. Na parte da frente, inclinada sobre uma das cadeiras douradas, com o parapeito forrado a vermelho ao nível do peito, Villanelle consegue ver e ser vista por todo o auditório. Se se inclinar para a frente, além da divisória, consegue olhar para a frente dos camarotes à esquerda e à direita. Com as luzes apagadas, cada camarote tornar-se-á um mundo secreto, cujo interior é invisível.

Na escuridão desse mundo invisível e secreto, ela tira a bolsa do ombro e pega na leve pistola automática Ruger com um silenciador Gemtech incorporado e insere um carregador de balas de .22 de baixa velocidade. Voltando a guardar a arma na mala, deposita-a no chão, junto à base da divisória que separa o seu camarote do que está à sua esquerda.

Nos nove meses que se seguiram ao seu renascimento como Villanelle, ela matara dois homens. Cada projeto fora iniciado por uma mensagem de uma só palavra, enviada por Konstantin, ao que se seguia a transmissão de documentos informativos detalhados — excertos de vídeo, biografias, relatórios de vigilância, horários — provenientes de fontes que desconhecia. Cada período de planeamento demorava cerca de quatro semanas, durante as quais recebia armas, era informada de qualquer tipo de apoio logístico com que pudesse contar e era-lhe fornecida uma identidade adequada.

O primeiro alvo, Yiorgos Vlachos, andara a comprar cobalto-60 radioativo na Europa de Leste com o provável objetivo de fazer detonar uma bomba radioativa em Atenas. Ela alvejara-o no peito com uma descarga de balas SP-5 enquanto ele mudava de carro no Porto de Pireu. O tiro, disparado com uma VSS russa a uma distância de 325 metros, envolvera ficar escondida durante toda a noite debaixo de uma lona no telhado de um armazém. Mais tarde, ao reviver o acontecimento na segurança do seu quarto de hotel, Villanelle sentiu uma satisfação intensa que lhe acelerou a pulsação. O estalido seco do disparo silencioso, a batida distante do impacto, a figura a cair.

O segundo alvo foi Dragan Horvat, um político dos Balcãs que geria uma rede de tráfico humano. O seu erro fora levar o trabalho para casa, na forma de uma bonita rapariga de 17 anos, viciada em heroína, de Tiblissi. Inesperadamente, o homem tinha-se apaixonado pela rapariga e adquirira o hábito de a levar a fazer compras pelas capitais europeias. Londres era o destino de fim de semana preferido do casal, e quando Villanelle esbarrou contra ele numa rua lateral em Bayswater certo final de tarde, Horvat sorriu, indulgente. Não sentiu imediatamente o ferimento causado por uma facada na parte interior da sua coxa que lhe cortou a artéria femoral, e enquanto ele sangrava até à morte no chão, a sua namorada georgiana observou-o de olhos esbugalhados, revirando distraidamente a pulseira de ouro que ele lhe comprara nessa tarde em Knightsbridge.

Entre as mortes, Villanelle vivia no apartamento de Paris. Explorava a cidade, saboreava os prazeres que esta tinha para oferecer e desfrutava de uma série de amantes. Estes casos implicavam sempre o mesmo método: uma perseguição arrebatadora, um par de noites e dias devoradores, o término abrupto de todo e qualquer contacto. Limitava-se a desaparecer das vidas dos amantes, tão rápida e misteriosamente quanto tinha aparecido.

Corria no Bois de Boulogne todas as manhãs, frequentava um dojo de jiu-jítsu em Montparnasse e treinava a sua pontaria num clube de tiro de elite em Saint-Cloud. Entretanto, mãos invisíveis pagavam-lhe a renda e geriam as suas atividades comerciais, cujos lucros eram pagos numa conta à ordem da Société Générale.

— Gasta o que quiseres — disse-lhe Konstantin. — Mas não dês nas vistas. Vive com conforto, mas sem excessos. Não deixes rastos.

Não deixava. Não causava alardes. Tornou-se parte do exército monocromático de profissionais que se apressam de lugar em lugar, com a solidão estampada no olhar. Que autoridade decretava as sentenças de morte que ela executava, ela não fazia ideia. Não perguntou a Konstantin, porque tinha a certeza de que ele não lhe diria e, na realidade, não queria saber. O que importava para Villanelle era que tinha sido escolhida. Escolhida como instrumento de uma organização todo-poderosa que compreendia, tal como ela sempre compreendera, que ela era diferente. Eles reconheceram o talento dela, procuraram-na e levaram-na da pior situação do mundo à mais elevada, onde ela pertencia. Uma predadora, um instrumento da evolução, um elemento da elite a quem não se aplica nenhuma lei moral. No seu íntimo, este facto floresceu como uma rosa negra, preenchendo cada cavidade do seu ser.

Lentamente, o auditório do Teatro Massimo começa a encher-se. Recostando-se na sua cadeira, Villanelle lê o programa, de rosto oculto pela divisória existente entre o seu camarote e o do lado. Chega o momento da atuação e as luzes baixam, os ruídos da plateia diminuindo até se silenciarem. Quando o maestro faz a vénia, perante calorosos aplausos, Villanelle ouve uma figura assumir, silenciosamente, o seu lugar no camarote ao lado. Ela não se vira, e quando a cortina se ergue para o primeiro ato, inclina-se para a frente, para observar o palco com uma atenção extasiada.

Os minutos sucedem-se; o tempo abranda. A música de Puccini envolve Villanelle, mas não a toca. A sua consciência está focada, na sua totalidade, na pessoa invisível à sua esquerda. Força-se a não olhar, mas sente a sua presença como uma pulsação, maligna e infinitamente perigosa. Em determinados momentos, sente uma frieza na nuca e sabe que ele a observa. Por fim, a tensão do *Te Deum* desvanece-se, o primeiro ato termina e a cortina carmesim e dourada cai.

Quando as luzes do auditório se iluminam, anunciando o intervalo, o ruído das conversas enche o espaço e Villanelle permanece sentada, imóvel, como se estivesse hipnotizada pela ópera. Então, sem sequer um olhar de soslaio, levanta-se e abandona o camarote, reparando, com a visão periférica, na presença de dois guarda-costas indolentes, aborrecidos, mas alerta, no fim do corredor.

Movimentando-se apressada pelo vestíbulo, dirige-se ao bar e pede um copo de água mineral, que segura, mas não bebe. Na outra ponta da divisão, vê Leoluca Messina a caminhar na sua direção. Fingindo que não o viu, vira-se para a multidão, voltando a emergir perto da entrada do *foyer*. Lá fora, nas escadas do teatro de ópera, o calor do dia ainda não se dissipou. O céu tem um tom rosado por cima do mar, e um roxo-lívido lá no alto. Meia dúzia de homens jovens que passam por Villanelle assobiam e lançam elogios no dialeto local.

Ela volta para dentro e reentra no seu camarote momentos antes de a cortina se erguer para o segundo ato. Mais uma vez, insiste em não olhar para a esquerda, para Greco; em vez disso, fixa o olhar no palco, à medida que a ópera decorre. A história é dramática. Tosca, uma cantora, está apaixonada pelo pintor Cavaradossi, que foi falsamente acusado de ajudar na fuga de um prisioneiro político. Detido por Scarpia, o chefe da polícia, Cavaradossi é condenado à morte. Scarpia, contudo, propõe um acordo: se Tosca se entregar a ele, Cavaradossi será libertado. Tosca concorda, mas quando Scarpia se aproxima dela, ela agarra numa faca e mata-o.

Baixam a cortina. Desta vez, quando Villanelle termina finalmente de aplaudir, vira-se para Greco e sorri, como se o estivesse a ver pela primeira vez. Não demora a ouvir bater à porta do camarote. É um dos guarda-costas, um homem corpulento que lhe pergunta, com alguma cortesia, se ela gostaria de se juntar a Don Salvatore para tomar um copo de vinho. Villanelle hesita por um momento e depois aceita educadamente com um aceno de cabeça. Ao passar para o corredor, o segundo guarda-costas olha-a de cima a baixo. Deixou a mala no camarote, está de mãos vazias e o vestido Valentino agarra-se ao seu corpo esguio e atlético. Os dois homens trocam um olhar cúmplice. É evidente que entregaram muitas mulheres ao seu patrão. O homem corpulento gesticula na direção da porta do camarote de Greco.

— *Per favore, Signorina…*

Greco levanta-se quando ela entra. É um homem de estatura média vestido num fato caro de linho. Existe nele uma quietude letal e um sorriso que nem se aproxima do olhar.

— Desculpe-me a presunção — diz ele. — Mas não pude deixar de observar quanto apreciou a atuação. Sendo eu também um apaixonado pela ópera, poderia oferecer-lhe um copo de *frappato*? É produzido numa das minhas vinhas, por isso garanto-lhe que é de qualidade.

Ela agradece-lhe. Toma um primeiro gole do vinho frio. Apresenta-se como Sylviane Morel.

— E eu sou Salvatore Greco.

Há um laivo de interrogação na voz dele, mas ela mantém o olhar constante. Para ele, é evidente que a rapariga não faz ideia de quem ele é. Ela elogia o vinho e diz-lhe que é a primeira vez que visita o Teatro Massimo.

— O que acha então de Farfaglia?

— Soberba. Uma excelente atriz e ótima soprano.

— Ainda bem que gosta dela. Tive a felicidade de ajudar, de forma pouco significativa, na sua educação.

— Que maravilha poder ver a sua crença nela confirmada.

— *Il bacio di Tosca.*

— Perdão?

— *Questo é il bacio di Tosca.* «Este é o beijo de Tosca!» As palavras dela quando esfaqueia Scarpia.

— É claro! Peço desculpa, o meu italiano...

— É bastante fluido, *Signorina* Morel.

De novo, o meio sorriso gelado.

Ela inclina a cabeça em negação.

— Não partilho da sua opinião, *Signor* Greco.

Parte dela está a conduzir a conversa, e a outra parte está a calcular formas e meios, o momento oportuno, rotas de evasão, fuga. Está cara a cara com o seu alvo, mas está sozinha. E é assim que sempre será, tal como Konstantin tão frequentemente declarava. Não pode haver mais ninguém envolvido, exceto numa participação periférica e muito distante. Não pode haver segundo plano, nem diversões, nem ajuda oficial. Se for derrotada, é o fim. Não haverá nenhum oficial discreto a acompanhá-la até uma cela, nem veículo à espera para a levar ao aeroporto.

Conversam. Para Villanelle, a língua é fluida. Na maioria das vezes, pensa em francês, mas de vez em quando acorda e sabe que estivera a sonhar em russo. Por vezes, quando está quase a adormecer, o sangue borbulha-lhe nos ouvidos, uma onda imparável de gritos poliglotas. Nessas ocasiões, sozinha no apartamento de

Paris, anestesia-se com horas de pesquisas aleatórias na Internet, habitualmente em inglês. Agora, nota ela, está a rever mentalmente cenários num italiano pejado de influências de dialeto siciliano. Não procurou aprender a língua, mas a sua cabeça não para com a sonoridade. Existe ainda alguma parte dela que seja Oxana Vorontsova? Ainda existe aquela menina que ficava acordada noite após noite, deitada nos lençóis a cheirar a urina do orfanato, a planear a sua vingança? Ou existia apenas e só Villanelle, o instrumento eleito da evolução?

Greco deseja-a, consegue ver isso. E quanto mais interpreta o papel de jovem parisiense impressionável e bem-nascida, com um olhar arregalado, mais cresce o desejo do homem. É como um crocodilo que observa, nas águas pouco profundas, a gazela que se aproxima da beira da água. «Como é que costuma acontecer?», interroga-se ela. Jantar algures onde o conhecem bem, com empregados de mesa atenciosos e guarda-costas sentados numa mesa ali ao lado, seguido de uma viagem de carro conduzida por um motorista até um apartamento discreto na cidade velha?

— Todas as noites de estreia, este camarote é reservado para mim — diz-lhe ele. — Os Grecos eram aristocratas em Palermo antes de os Habsburgos adquirirem poder.

— Nesse caso, sou uma sortuda por aqui estar.

— Acompanha-me até ao último ato?

— Com todo o gosto — murmura ela, à medida que a orquestra se faz soar.

A ópera continua e Villanelle observa, de novo, encantada, o palco, à espera do momento que planeou. Este chega com o grande dueto amoroso, *Amaro sol per te.* Quando a última nota se desvanece, a plateia irrompe em aplausos, com gritos de «Bravi!» e «Brava Franca!» a ecoar por todos os cantos do auditório. Villanelle junta-se aos aplausos e, de olhos brilhantes, vira-se para Greco. O olhar dele cruza-se com o dela e, como que por impulso, agarra na mão dela e beija-a. Ela sustém o olhar do homem por momentos e, erguendo a outra mão até à cabeça, desaperta o gancho longo e curvado, para que as mechas escuras de cabelo lhe caiam sobre os ombros. Depois, o braço dela desce, um borrão pálido, e o gancho é cravado profundamente no olho esquerdo dele.

No rosto dele, um esgar de choque e dor. Villanelle pressiona o pequeno botão, injetando uma dose letal de etorfina de uso veterinário no lobo frontal do cérebro do homem, o que induz uma paralisia imediata. Ela segura o corpo e deita-o no chão, olhando depois em volta. O seu camarote está vazio e, no seguinte, um casal idoso é pouco visível, observando o palco através de óculos de ópera. Todos os olhares recaem sobre Farfaglia e o tenor que canta Cavaradossi, ambos de pé, imóveis no palco, envolvidos pelos aplausos. Esticando-se por cima da divisória, Villanelle recupera a bolsa, esconde-se na escuridão e extrai a Ruger. O duplo estalido da arma com silenciador é comum e as balas de calibre .22 de baixa velocidade mal deixam fios soltos ao romper o casaco de linho de Greco.

Os aplausos estão a diminuir enquanto Villanelle abre a porta do camarote, com a arma escondida atrás das costas, e acena com ar preocupado aos guarda-costas, que entram e se ajoelham ao lado do seu empregador. Ela dispara duas vezes, com menos de um segundo a separar ambos os disparos, e os dois homens caem sobre o chão alcatifado. O sangue jorra brevemente dos ferimentos de entrada na nuca de cada um, mas já estão mortos, de troncos cerebrais baleados. Durante vários longos segundos, Villanelle sente-se dominada pela intensidade dos assassinatos e por uma satisfação tão intensa, que quase chega à dor. É este o sentimento que o sexo sempre promete, mas nunca cumpre, e por um momento ela abraça-se, a arfar, por cima do vestido Valentino. Depois, insere a Ruger dentro da bolsa, endireita os ombros e sai do camarote.

— Não me diga que vai embora, *Signorina* Morel?

O coração dela dispara. Leoluca Messina caminha até ela pelo corredor apertado, com a graça sinistra de uma pantera.

— Infelizmente, sim.

— Tenho pena. Mas como conhece o meu tio?

Ela fica a olhar para ele.

— Don Salvatore. Acaba de sair do camarote dele.

— Conhecemo-nos há pouco. E agora, se me permite, *Signor* Messina…

Ele olha para Villanelle por um momento e depois passa por ela e abre a porta do camarote de Greco. Quando de lá sai, instantes depois, empunha uma arma. Uma Beretta Storm de 9 mm, identifica ela enquanto ergue a sua Ruger na direção da cabeça dele.

Por um momento ficam imóveis, depois ele acena com a cabeça, semicerra os olhos e baixa a Beretta.

— Baixe a arma — ordena ele.

Villanelle não se mexe. Alinha a mira de fibra ótica com a base do nariz dele. Prepara-se para decepar um terceiro tronco cerebral siciliano.

— Olhe, ainda bem que matou o sacana, está bem? A qualquer minuto, o pano fecha-se e isto vai ficar apinhado de gente. Se quiser sair daqui, guarde a arma e siga-me.

O instinto diz-lhe que obedeça. Apressam-se a passar pelas portas na ponta do corredor, descem um pequeno lanço de escadas, entram numa passagem forrada a carmesim que envolve a plateia.

— Agarre a minha mão — ordena ele, e Villanelle obedece.

Um porteiro de farda caminha na direção deles. Messina saúda-o alegremente e o porteiro sorri.

— Uma escapadinha, *Signor*?

— Algo parecido.

No final da passagem, diretamente abaixo do camarote de Greco, fica uma porta coberta pelo mesmo brocado carmesim das paredes. Abrindo-a, Messina puxa Villanelle para dentro de um pequeno átrio. Abre uma cortina que parece um cobertor e, de repente, estão nos bastidores, na meia escuridão pesada das traseiras, com a música, transmitida pelos amplificadores de som do fosso da orquestra, a retumbar em torno deles. Homens e mulheres com fatos do século XIX movimentam-se nas sombras; os assistentes de palco deslocam-se com tremenda organização. Colocando um braço por cima do ombro de Villanelle, Messina apressa-se a ultrapassar os cabides de fatos e mesas dispostas com adereços, depois direciona-a pelo espaço estreito entre o ciclorama e a parede traseira de tijolo. Enquanto atravessam o palco, ouvem uma salva de disparos de mosquete. A execução de Cavaradossi.

Seguem-se mais corredores, mais paredes descoloradas onde penduraram extintores de incêndio e as instruções de evacuação em caso de emergência e, por fim, saem pela porta privativa dos artistas para a Piazza Verdi, com o barulho do trânsito que lhes enche os ouvidos e com o céu roxo-pálido acima das cabeças. A 50 metros de distância, uma mota *MV Agusta* preta e prateada está estacionada junto de um pegão na Via Volturno. Villanelle sobe para o assento, atrás de Messina, e com um rugido grave do tubo de escape deslizam rua fora.

Demoram alguns minutos a ouvir as primeiras sirenes da polícia. Leoluca dirige-se para este, voando pelas ruas paralelas, e a MV Agusta responde, nervosa, às viragens e curvas acentuadas. De quando em quando, à sua esquerda, Villanelle vislumbra as luzes do porto e o brilho do mar. As pessoas olham para eles quando passam — o homem com as feições de lobo, a mulher de vestido vermelho —, mas isto é Palermo; ninguém observa com atenção. As ruas são estreitas, com roupa suspensa nos estendais acima e com os aromas e sons das refeições de família a saírem pelas janelas. Depois, passam por uma praça obscurecida, por um cinema abandonado e pela fachada barroca de uma igreja.

Embalando a mota para que fique estacionada, Messina leva-a por uma viela ao lado da igreja e destranca um portão. Estão num cemitério muralhado, uma cidade de mortos, com túmulos familiares e mausoléus a estender-se por filas sombrias até à escuridão.

— É aqui que hão de enterrar Salvatore quando extraírem as suas balas do corpo dele — diz Messina. — E, mais cedo ou mais tarde, é onde me hão de enterrar também.

— Disse que estava satisfeito por ele estar morto.

— Poupou-me o trabalho de ter de o matar eu mesmo. Ele era *un animale*. Fora de controlo.

— Vai assumir a posição dele?

Messina encolhe os ombros.

— Alguém o fará.

— Continuará com os negócios?

— Algo desse género. E você? Para quem trabalha?

— Isso interessa?

— Interessa-me se a seguir vier atrás de mim. — Tira a pequena Beretta do coldre que tem ao ombro. — Talvez eu devesse matá-la agora.

— Pode tentar — diz ela, erguendo a Ruger.

Ficam a olhar um para o outro por instantes. Depois, sem baixar a arma, ela dá um passo na direção dele e agarra-lhe no cinto das calças.

— Tréguas?

O sexo é breve e selvagem. Ela não larga a Ruger durante esses momentos. Depois disso, firmando a mão da arma sobre o ombro dele para se equilibrar, limpa-se com a camisa dele.

— E agora? — pergunta ele, observando-a com uma repulsa surpreendente e reparando que, à meia-luz, a inclinação assimétrica do lábio superior dela não a faz parecer sensual, como antes ele imaginara, mas friamente masculina.

— Agora vai-se embora.

— Voltarei a vê-la?

— Reze para que isso não aconteça.

Ele olha-a por instantes e afasta-se. A MV Agusta ganha vida com uma rosnadela e desaparece. Caminhando colina abaixo pelo meio dos túmulos, Villanelle encontra uma pequena clareira em frente de um mausoléu com colunas. Extrai da bolsa Fendi um isqueiro, um vestido amarrotado de algodão azul, um par de sandálias finas e um cinto com porta-moedas feito de tecido de *lingerie*. O porta-moedas contém 500 € em dinheiro, um bilhete de avião, um passaporte e um cartão de crédito que a identificam como Irina Skoryk, uma francesa nascida na Ucrânia.

Trocando rapidamente de roupa, Villanelle incendeia o vestido Valentino, todos os documentos respeitantes a Sylviane Morel, as lentes de contacto verdes e a peruca morena que usara. O fogo arde breve, mas intensamente, e quando não resta absolutamente nada, ela enterra as cinzas utilizando um ramo de cipreste.

Continuando a descer, Villanelle descobre um portão enferrujado e um caminho de escadas que leva a uma ruela estreita. Esta rua desemboca numa estrada mais ampla e movimentada, que ela segue para oeste, em direção ao centro da cidade. Após 20 minutos, encontra aquilo que procurava: um contentor de lixo grande e com rodas atrás de um restaurante, cheio de sacos com restos da cozinha. Coloca as luvas de ópera e olha em volta, para se certificar de que ninguém a observa. Depois, põe ambas as mãos dentro do contentor e puxa meia dúzia de sacos de lixo. Desatando um deles, atira lá para dentro a bolsa Fendi e a Ruger, que se misturam com os restos de conchas de amêijoas, cabeças de peixe e borras de café. Voltando a depositar o saco no caixote, empilha os restantes por cima do primeiro. A última coisa a desaparecer são as luvas. Toda a operação demora menos de 30 segundos. Sem pressas, continua a caminhar em direção a oeste.

Às 11h da manhã seguinte, o agente Paolo Vella da Polizia di Stato está ao balcão de um café na Piazza Olivella, a beber café com um colega. Fora uma manhã longa; desde a madrugada que Vella estivera a manter o cordão de segurança na entrada principal do Teatro Massimo, que era agora uma cena de crime. As multidões, na sua maioria, foram respeitadoras, mantendo a distância. Não fora ainda anunciado nada oficial, mas toda a Palermo parecia saber que Don Salvatore Greco fora assassinado. As teorias abundavam, mas a conclusão geral era de que fora uma questão de família. Corria o rumor de que o assassinato fora levado a cabo por uma mulher. Mas há sempre rumores.

— Olha-me só para aquilo — sussura Vella, suspendendo temporariamente todas as reflexões sobre o assassinato de Greco.

O colega segue-lhe o olhar para fora do café e em direção à rua movimentada, onde uma jovem mulher que envergava um vestido azul sem mangas — uma turista, evidentemente — interrompeu a marcha para observar a súbita ascensão de um bando de pombos. Os lábios dela estão entreabertos, os seus olhos cinzentos brilham, a luz da manhã ilumina o seu cabelo curto.

— *Madonna* ou prostituta? — pergunta o colega de Vella.

— *Madonna*, sem dúvida alguma.

— Nesse caso, Paolo, é demasiado boa para ti.

Ele sorri. Por um momento, na rua banhada pelo sol, o tempo fica suspenso. Então, à medida que os pombos voam em redor da praça, a jovem continua a sua caminhada, os membros esguios em movimento, e desaparece na multidão.

2

Villanelle está sentada num lugar à janela da ala sul da galeria de arte do Louvre, em Paris. Veste uma blusa de caxemira preta, uma saia de couro e botas de salto baixo. O sol de inverno entra pela janela arqueada, iluminando a estátua de mármore branco em frente dela. De tamanho real e intitulada *Psique Reanimada pelo Beijo do Amor*, fora criada pelo escultor italiano Antonio Canova nos últimos anos do século XVIII.

Uma belíssima peça. Psique, ao despertar, ergue-se para abraçar o seu amante alado e os seus braços enquadram-lhe o rosto. Entretanto, Cupido sustém-lhe amorosamente o peito e a cabeça. Cada gesto exprime amor. Mas para Villanelle, que há uma hora observa as entradas e saídas dos visitantes, a criação de Canova sugere possibilidades mais obscuras. Estará Cupido a provocar em Psique uma falsa sensação de segurança para depois poder violá-la? Ou será Psique quem o manipula sexualmente, ao fingir-se passiva e feminina?

Incompreensivelmente, os transeuntes parecem interpretar a escultura no sentido romântico. Um casal jovem imita a pose, rindo-se. Villanelle observa cuidadosamente, nota como o olhar da rapariga se suaviza, como o pestanejar abranda, como o seu sorriso se transforma num tímido apartar de lábios. Revirando a sequência na sua mente como uma expressão de uma língua estrangeira, Villanelle arquiva-a para uso futuro. Ao longo dos seus 26 anos de vida, adquiriu um vasto repertório de expressões do género. Ternura, compaixão, aflição, culpa, choque, tristeza... Villanelle nunca experimentou, na realidade, tais emoções, mas consegue simulá-las todas.

— Querida! Aqui estás tu!

Villanelle olha para cima. É Anne-Laure Mercier. Atrasada como habitualmente, com um sorriso rasgado em jeito de desculpa. Villanelle sorri, cumprimentam-se com beijinhos e caminham até ao Café Mollien no patamar do primeiro andar da galeria.

— Tenho um segredo para te contar — confidencia Anne-Laure. — E não podes contar a *ninguém*.

Anne-Laure é o que Villanelle tem de mais parecido com uma amiga. Tinham-se conhecido, de forma um pouco absurda, no cabeleireiro. Anne-Laure é bonita, extrovertida e para lá de um pouco solitária, tendo trocado uma vida ocupada numa empresa de relações-públicas por um casamento com um homem rico, 16 anos mais velho do que ela. Gilles Mercier é um funcionário sénior das Finanças. Trabalha frequentemente até tarde, as suas paixões são a sua garrafeira de vinhos e a sua pequena, mas importante, coleção de relógios de ouropel do século XIX.

Mas Anne-Laure quer divertir-se, uma comodidade que infelizmente não abunda na vida que partilha com Gilles e os relógios deste. De momento, antes sequer de chegarem à curva da escadaria que leva ao restaurante, vai debitando todos os pormenores sobre o seu último caso com um dançarino brasileiro de 19 anos do cabaré Paradis Latin.

— Tens de ter cuidado — avisa-a Villanelle. — Tens muito a perder. E a maioria dos que se dizem teus amigos não hesitaria em falar diretamente com Gilles, se achasse que o andavas a trair.

— Tens razão, fá-lo-iam. — Anne-Laure suspira e entrelaça o seu braço no de Villanelle. — És tão querida, sabias? Nunca me julgas e estás sempre preocupada.

Villanelle aperta o braço da outra mulher.

— Gosto de ti. Não quero que te magoes.

Na realidade, passar tempo com Anne-Laure enquadra-se nos propósitos de Villanelle. Ela é bem relacionada, possuindo acesso restrito às melhores coisas da vida. Espetáculos de alta-costura, mesas nos melhores restaurantes, entrada nos melhores clubes. Além disso, é uma companhia pouco exigente, e duas mulheres juntas atraem muito menos atenção do que uma mulher sozinha. O facto de ser sexualmente imprudente é um lado negativo de Anne-Laure, e será uma questão de tempo até Gilles tomar conhecimento de alguma indiscrição dela. Quando isso acontecer, Villanelle não quer passar a ideia de ser cúmplice das infidelidades da esposa dele. A última coisa de que precisa é da atenção hostil de um funcionário do Estado.

— Então, e porque é que não estás a fazer vendas a descoberto do Índice Nikkei 225, ou lá o que é que fazem os especuladores a curto prazo? — pergunta Anne-Laure, quando finalmente se instalam numa mesa.

Villanelle sorri.

— Até os supercapitalistas precisam de um dia de folga. Além disso, queria ouvir os pormenores sobre esse novo rapaz com quem andas.

Olha em redor para as loiças de vidro e prata brilhantes, para as flores, as pinturas, o dourado das luzes. Lá fora, para lá das janelas altas, o céu adquiriu um cinzento carregado de nuvens, e os Jardins das Tulherias estão praticamente desertos.

Enquanto comem e Anne-Laure fala sobre o seu novo *amour*, Villanelle emite sons atenciosos. Porém, a sua mente está noutro lado. A boa vida e as roupas de designers famosos são excelentes, mas já passaram meses desde a operação em Palermo e ela precisa desesperadamente de sentir o seu coração bater perante a perspetiva de ação. Mais do que isso, quer a confirmação de que é valorizada, de que a organização a considera um trunfo essencial.

Consegue ainda ver, a meio mundo de distância, a área sinistra que era o centro de detenção de Dobryanka. «Valeu a pena?», perguntara-lhe Konstantin. Desperdiçando a sua vida para vingar a morte do pai, ele que passara para o lado mau. Pondo as coisas desse modo, claro, não valeu a pena. Mas se lhe devolvessem esse tempo, sabia que agiria exatamente como naquela noite.

O pai fora instrutor de batalha corpo a corpo antes de começar a aceitar trabalhos para o Círculo dos Irmãos. E apesar de Boris Vorontsov não ter sido um pai ideal, dado ao alcoolismo e à prostituição, e apesar de ter largado Oxana no orfanato sempre que era mandado para longe em serviço, era sangue do seu sangue e tudo o que lhe restara depois da morte da mãe.

Não houvera muitos presentes de aniversário ou de Ano Novo, mas o pai ensinara-a a defender-se, e mais. Passaram dias memoráveis na floresta, a lutar na neve, a disparar sobre latas com a antiga Makarov, a pistola de serviço dele, e a cortar troncos de bétula com o machete dele, concedido pela Spetsnaz. Inicialmente odiara o machete, achava-o pesado e difícil de manejar, mas ele ensinara-lhe que tudo se resumia ao sentido de oportunidade.

Ensinara-lhe que, se ela acertasse, o peso da lâmina e o arco do movimento desempenhariam o seu papel.

Descobrira com relativa facilidade quem o matara. Todos sabiam; a questão era essa. Boris tentara, desajeitado, defraudar os Irmãos, e eles tinham-no matado a tiro e deixado o seu corpo na rua. Na noite seguinte, Oxana entrou no Pony Club, na Ulitsa Pushkina. Os três homens que ela procurava estavam de pé, junto ao bar, a beber e a rir, e quando ela caminhou até eles, com um sorriso sugestivo, eles calaram-se. Vestida com umas calças de ganga de supermercado e um casaco de estilo militar, não se parecia muito com uma *shlyukha*, uma prostituta, mas agia como tal.

Oxana ficou em frente deles por instantes, olhando de rosto em rosto com um olhar divertido e irónico. Depois, acocorou-se, ergueu os braços atrás das costas, entre as omoplatas, para agarrar no machete, pendurado num coldre de tecido forte, e levantou-o ao longo dos joelhos, como o pai a ensinara. Meio quilo de aço com acabamento de titânio enevoou o ar: a lâmina afiada cortou, sem obstáculos, a garganta do primeiro homem, enterrando-se depois profundamente por baixo da orelha do segundo. A mão do terceiro homem voou até à sua cintura, mas já era tarde. Oxana já largara o machete e puxara da Makarov. Estava vagamente consciente do pânico, dos gritos reprimidos e do barulho das pessoas a afastarem-se em seu redor.

Alvejou-o na boca, que estava aberta. O estrondo, naquele espaço fechado, foi ensurdecedor e, por um momento, ele ficou a olhar fixamente para ela, com sangue e massa encefálica a jorrar do buraco profundo que lhe ficara na nuca. Depois, as pernas dele falharam e caiu ao chão ao lado do primeiro homem, que, por algum motivo, ainda estava ajoelhado: um som desesperado e áspero, como o sorver dos restos de um batido, borbulhava no golpe existente por baixo do queixo dele. O segundo homem também ainda não morrera. Em vez disso, estava deitado em posição fetal num lago vermelho que se alastrava, com os pés a agitarem debilmente e com os dedos a agarrarem o machete cravado na curvatura do maxilar.

Oxana observou-os, aborrecida perante a incapacidade de morrerem. O homem ajoelhado era aquele que a enfurecia realmente, ao emitir aquele som doentio de um McFlurry de morango. Assim, ajoelhou-se ao lado dele, encharcando as suas calças Kosmo de sangue. O olhar dele começava a falhar, mas ainda expressava uma questão.

— Sou filha dele, seu cabrão — sussurrou ela e, pressionando o cano da Makarov contra o pescoço dele, apertou o gatilho. Mais uma vez, a detonação foi espantosamente ruidosa e o cérebro do homem disparou em todas as direções, mas o barulho de sucção parou.

— *Chérie*!

Villanelle pisca os olhos. Volta a focar o olhar no restaurante.

— Desculpa, estava a quilómetros... O que é que disseste?

— Queres café?

Villanelle sorri ao empregado que paira, paciente, ao lado dela.

— Um expresso curto, obrigada.

— Honestamente, querida, às vezes pergunto-me para onde viajas quando sonhas acordada. Imaginas alguém que ainda não me tenhas revelado?

— Não. Mas não te preocupes, serias a primeira pessoa a saber.

— É melhor. Às vezes consegues ser misteriosa. Devias sair mais vezes, e não me refiro a ir às compras ou a desfiles de moda.

Quero dizer… — Passa a ponta do dedo pelo pé gelado da *flûte* de champanhe. — Coisas mais *divertidas*. Podíamos ir ao Le Zéro Zéro ou ao L'Inconnu. Conhecer pessoas novas.

Dentro da sua bolsa, o telemóvel de Villanelle vibra. Uma mensagem com uma única palavra: LIGAR.

— Tenho de ir. É trabalho.

— Oh, por favor, Vivi, és impossível. Ainda nem bebeste o café.

— Passarei sem ele.

— És tão *aborrecida*.

— Eu sei. Desculpa.

Duas horas mais tarde, Villanelle está sentada no escritório do seu apartamento em Porte de Passy. No exterior da janela de vidro laminado, o céu assemelha-se a aço gelado.

O *e-mail* contém algumas linhas de texto sobre as condições para o esqui em Vale de Isère e meia dúzia de imagens em formato JPEG do *resort* anexas. Villanelle extrai a palavra-passe e acede aos dados comprimidos incorporados nas imagens. É um rosto, fotografado de diferentes ângulos. Um rosto que ela memoriza como um texto. O rosto do seu próximo alvo.

Thames House, a sede do serviço de segurança britânico MI5, fica em Millbank, em Westminster. No escritório mais a norte do terceiro piso, Eve Polastri observa a Ponte de Lambeth e a superfície do rio agitada pelo vento. São 16h e ela acaba de descobrir, num misto de sentimentos, que não está grávida.

No terminal seguinte, o seu assistente Simon Mortimer volta a pousar a chávena de chá sobre o pires.

— A lista da próxima semana — diz ele. — Vamos rever tudo?

Eve tira os óculos de leitura e esfrega os olhos. Olhos sábios, chama-lhes o seu marido, Niko, apesar de ela ter apenas 29 anos, e de ele ser quase dez anos mais velho. Ela e Simon trabalhavam juntos há pouco mais de dois meses. O departamento, conhecido como P3, é uma subsecção do Joint Services Analysis Group, e a sua função é avaliar o nível de ameaça a indivíduos «de alto risco» que visitam o Reino Unido e, se necessário, trabalhar em conjunto com a Polícia Metropolitana com vista a oferecer proteção especializada.

É uma tarefa ingrata, sob muitos aspetos, pois os recursos da polícia são limitados e a proteção especializada é dispendiosa. Mas as consequências de uma decisão pouco sensata são catastróficas. Tal como o antigo diretor da secção, Bill Tregaron, uma vez lhe dissera, antes de a carreira dele entrar em queda livre: «Se achas que um pregador extremista vivo é uma dor de cabeça, espera até teres de lidar com um que esteja morto.»

— Podes começar — diz Eve a Simon.

— A escritora paquistanesa Nasreen Jilani. Vai dar uma palestra na Oxford Union de quinta-feira a oito dias. Já recebeu ameaças de morte.

— Plausíveis?

— Suficientemente plausíveis. O SO1 concordou em atribuir-lhe uma equipa.

— Continua.

— Reza Mokri, o físico nuclear iraniano. Mais uma vez, proteção total.

— Concordo.

— Depois temos o russo, Kedrin. Quanto a ele não tenho certezas.

— O que é que te deixa dúvidas?

— Não sei com que seriedade o devemos tomar. Quero dizer, não podemos pedir à polícia que tome conta de cada teórico político excêntrico que apareça em Heathrow.

Eve anui. Com a sua pele livre de maquilhagem e cabelo castanho de corte indefinido apanhado de forma desajeitada, ela aparenta ser a pessoa para quem há coisas mais importantes do que acharem-na bonita. Poderia ser uma académica, ou uma assistente nas melhores livrarias. Mas há algo nela — uma quietude, um olhar firme — que conta outra história. Os colegas conhecem Eve Polastri como uma caçadora, uma mulher que não abandona uma causa rapidamente.

— Quem é que pediu proteção para Kedrin? — pergunta ela.

— O Eurasia UK, o grupo que organizou a visita dele. Estive a investigá-los e são —

— Eu sei quem são.

— Então sabes ao que me refiro. Parecem ser mais resmungões do que perigosos. Todas aquelas teorias sobre as ligações místicas entre a Europa e a Rússia, e sobre como se deveriam unir contra os EUA, corruptos e expansionistas.

— Eu sei. É uma loucura. Mas não lhes faltam apoiantes. Incluindo no Kremlin.

— E Viktor Kedrin é o seu rapaz de propaganda.

— É o ideologista. O rosto do movimento. Uma figura carismática, aparentemente.

— Mas que não corre um risco imediato em Londres, seguramente?

— Talvez sim, talvez não.

— Quero dizer, quem é que o poria em risco? Os americanos não o adoram, obviamente, mas não vão convocar um ataque via *drone* em High Holborn.

— É lá que se vai hospedar?

— Sim, num lugar chamado The Vernon.

Eve acena com a cabeça.

— Creio que tens razão. Não precisamos de sobrecarregar o Comando de Proteção com o Sr. Kedrin. Mas acho que devia ir à palestra dele. — imagino que irá falar aos fiéis do Eurasia UK nalgum momento?

— No Conway Hall. Na sexta-feira da próxima semana.

— Ótimo. Mantém-me informada.

Simon inclina a cabeça em concordância. Apesar de estar ainda na casa dos 20, possui a solenidade de um arcebispo.

Introduzindo o seu código de identificação, Eve recorre à lista de Elevado Risco de Segurança (ERS). Circulando entre serviços de inteligência cooperantes, incluindo o FSB russo e o CID paquistanês, aliados inconstantes, esta é uma base de dados de assassinos contratados conhecidos internacionalmente. Não se trata de assassinos locais ou de atiradores que chegam para fazer o serviço e logo desaparecem, mas de assassinos de topo com clientes políticos e honorários suportáveis apenas pelos mais ricos. Algumas das entradas desta lista são longas e detalhadas, outras são apenas o nome de código recolhido através de sistemas de vigilância ou de interrogatório.

Há dois anos que Eve está a compilar o seu próprio arquivo de assassinatos de figuras preeminentes sem responsável conhecido. Regressa constantemente ao caso de Dragan Horvat, o político dos Balcãs. Horvat fora um indivíduo excecionalmente sórdido, estava implicado em tráfico humano e em muitos mais negócios, mas isso não salvou Bill Tregaron quando Horvat foi morto no centro de Londres. Demitido do seu cargo, Bill foi relegado para o GCHQ, o centro de escutas do governo em

Cheltenham, e Eve, anteriormente sua assistente, tornou-se diretora de secção no P3.

Horvat fora morto numa viagem a Londres com a namorada, uma viciada em heroína de 17 anos, proveniente de Tiblissi, chamada Irema Beridze. Oficialmente, ele estava em Londres como membro de uma delegação comercial de altas patentes; na realidade, ele e Irema passaram a maior parte do tempo nas compras. Tinham acabado de sair de um restaurante japonês numa rua lateral pouco iluminada em Bayswater quando uma figura apressada deu um encontrão com força em Horvat, quase o atirando ao chão.

Bem-disposto, animado pelo saquê, Horvat não se apercebera inicialmente de que fora esfaqueado. Com efeito, pediu desculpa à figura antes de compreender que havia sangue a jorrar-lhe da virilha. Boquiaberto perante o choque, afundou-se no passeio, com uma mão a tapar, inutilmente, a artéria femoral cortada. Demorou menos de dois minutos a morrer.

Irema ainda ali estava, a tremer e chocada, quando um grupo de empresários japoneses abandonou o restaurante, um quarto de hora depois. Tinham um inglês perfeito, o dela não existia, e passaram mais dez minutos até que alguém telefonasse para os serviços de emergência. Irema ficou profundamente traumatizada, e insistiu inicialmente que não se recordava de nada acerca do ataque. Mas um interrogatório paciente levado a cabo pela Secção SO15 da Polícia Metropolitana, assistido por um intérprete de georgiano, extraiu, por fim, um único facto. O assassino de Dragan Horvat era uma mulher.

As assassinas profissionais são, com efeito, algo raro, e desde que começara a sua carreira, Eve conhecera apenas duas. Durante alguns anos, de acordo com a lista ERS, o FSB recorrera a uma mulher chamada Maria Golovkina para executar assassinatos no estrangeiro. Membro da equipa russa de armas de pequeno calibre que participou nas Olimpíadas em Atenas, pensa-se que Golovkina recebeu treino em assassínios a soldo na base da Spetsnaz em Krasnodar. Há também uma entrada na lista para uma assassina sérvia, ligada ao famoso clã Zemun, chamada Jelena Markovic.

Nenhuma delas podia ter matado Horvat, pela simples razão de que, quando o político enfrentou a morte em Londres, ambas já estavam mortas. Golovkina fora encontrada enforcada em Brighton Beach mais de um ano antes e Markovic morrera quatro meses antes dela, quando o carro onde seguia explodiu em Belgrado. Por isso, se Irema Beridze estivesse correta, significava que havia uma nova assassina a soldo no estrangeiro. E isto interessa bastante a Eve.

Porquê, não sabe exatamente. Talvez por não conseguir imaginar-se a si mesma a matar uma pessoa, se sente fascinada pela ideia de uma mulher para quem o ato de matar é corriqueiro. Alguém que pode levantar-se de manhã, beber o seu café, escolher o que vestir e depois sair de casa e matar um estranho a sangue-frio. Teria de se ser alguma aberração anómala e psicopata para agir de tal forma? Teria de se nascer assim? Ou poderia qualquer mulher, com a programação adequada, ser transformada num carrasco profissional?

Desde que substituiu Bill na liderança do P3, Eve tem levado a cabo uma investigação discreta, mas exaustiva, dos casos ainda abertos em busca de mais sugestões de envolvimento de mulheres em homicídios, e assinalou duas ocorrências. A primeira envolve o homicídio a tiro na Alemanha de Aleksandr Simonov, um oligarca russo suspeito de financiar militantes chechenos e do Daguestão, no âmbito de um acordo relacionado com concessões de exploração de petróleo e gás. O assassino, que disparou seis balas de uma pistola-metralhadora FN P90 sobre o peito de Simonov, à porta da sede de Frankfurt do Banco AltInvest, vestia um impermeável como os dos mensageiros militares e um capacete de mota que lhe cobria toda a cara, e escapara numa máquina mais tarde identificada como uma mota BMW G650X. Da cerca de uma dúzia de testemunhas interrogadas, duas referiram que «tinham ficado com a impressão» de que o atirador era uma mulher.

O outro caso, o homicídio íntimo do chefe da máfia Salvatore Greco, levado a cabo na Sicília, não possui, aparentemente, motivações políticas. Os rumores que lá correm atribuem a chacina, direta ou indiretamente, ao sobrinho do falecido, Leoluca Messina, que desde então assumiu a liderança do clã Greco. Mas tem havido especulação na imprensa sobre uma cúmplice, a chamada «mulher do vestido vermelho». De acordo com os investigadores da DIA, a Direzione Investigativa Antimafia, Greco foi encontrado morto num camarote privado no Teatro Massimo de Palermo, após um espetáculo de ópera. Fora atingido no coração, à queima-roupa, por duas balas de .22 mm e baixa velocidade. Ambos os guarda-costas tinham também sido encontrados mortos no chão do camarote, assassinados com um único tiro cada na nuca.

Sabe-se que Leoluca Messina estava no teatro nessa noite, e uma testemunha afirma tê-lo visto no bar pouco antes do início do espetáculo a conversar com uma atraente mulher de cabelos escuros, que envergava um vestido vermelho. Aparentemente, não se sentaram juntos, mas as imagens de vigilância mostram Messina a abandonar o teatro por uma porta dos bastidores pouco antes do fim do espetáculo. Alguns passos atrás dele segue uma figura indistinta: uma mulher com um vestido vermelho, com o cabelo escuro num turbilhão por cima dos ombros. O rosto dela é invisível, escondido por trás do programa da ópera que ergue em frente à cara, como se estivesse a refrescar-se.

Este detalhe, reflete Eve, não é seguramente por acaso. A mulher está bem ciente da existência de câmaras de vigilância naquele local. Mas o pormenor verdadeiramente estranho não foi revelado ao público pela DIA. Antes de ser morto, Greco foi imobilizado com um tranquilizante letal, aparentemente injetado através de um aparelho feito por medida que encontraram enterrado dentro do olho esquerdo. Do arquivo online do caso consta uma fotografia deste aparelho, bem como os pormenores do seu funcionamento. É um objeto sinistro: um espigão de aço oco e curvado que contém um reservatório interno e munido de um pequeno detonador.

Porque era necessário incapacitar Greco desta forma antes de o matar? Esta é uma questão que tem incomodado Eve há algum tempo, e, de momento, não está mais perto da resposta do que no dia em que leu o relatório pela primeira vez. Uma vez que o homicídio aconteceu num lugar essencialmente público, não teria feito sentido acabar com o assunto rapidamente? Por que razão quereria o assassino arrastar a situação, se poderia ser descoberto a qualquer momento?

Eve ainda reflete sobre esta questão quando chega ao seu apartamento em Finchley poucos minutos antes das 20h. O seu marido, Niko, não está em casa; foi para o clube de *bridge* onde dá aulas três noites por semana. Deixou um *pierogi* — um tipo de pastel cozido polaco — no forno, que Eve extrai, agradecida. Não é grande cozinheira e detesta ter de preparar refeições do zero quando chega a casa após um longo dia de trabalho em Thames House.

Enquanto come, assiste ao resumo noticioso das 20h na BBC. Há um aviso sobre uma frente fria que se dirige para Londres vinda de leste («Garantam que as vossas caldeiras funcionam!»), uma peça arrebatadoramente desanimadora sobre a economia e um excerto importado de uma manifestação em Moscovo, onde uma figura apaixonada e barbuda fala a uma multidão atenta numa praça coberta de neve. Uma descrição turva identifica-a como Виктор Кедрин.

Eve inclina-se para a frente na cadeira, com uma garfada de *pierogi* suspensa no ar. Apesar da baixa qualidade da imagem, o magnetismo de Viktor Kedrin é palpável. Esforça-se por ouvir as palavras dele por baixo da narração do comentador, mas o excerto é terminado com uma história sobre um gatinho órfão que foi adotado por um *chihuahua*.

Ao terminar de comer, Eve troca a roupa de trabalho por calças de ganga, uma camisola de lã e um casaco corta-vento. O resultado é insatisfatório, mas não lhe dedica mais atenção. Observa o apartamento, das pilhas de livros que lhe dão pela cintura no *hall* às roupas penduradas no estendal, dentro da cozinha. Se e quando eu engravidar, pensa ela, vamos precisar de uma casa maior. Por agora, permite-se sonhar com os prédios amplos de tijolo vermelho em Netherhall Gardens, a cinco minutos de caminhada de distância. Um apartamento no primeiro andar de um deles seria perfeito. E era tão provável que ela e Niko o pudessem pagar como o Palácio de Buckingham. O somatório dos salários de uma agente dos Serviços de Segurança e de um professor não chegava para esse tipo de casa. Se quisessem algo maior, teriam de se afastar mais do centro da cidade. Barnet, talvez. Ou Totteridge. Esfrega os olhos. Só o pensamento de mudanças já a deixa exausta.

Fecha o casaco. O clube fica a dez minutos e, enquanto caminha, pensa na tal frente fria que se aproxima, vinda de leste. Parece prometer não só gelo e neve, como também perigo.

É noite de torneio no Clube de Bridge de West Hampstead e a sala enche-se rapidamente. Na sala de jogo, foram dispostas mesas dobráveis cobertas com baeta e cadeiras de plástico. O ambiente ali é cálido, em contraste com o frio da rua, e há um murmurinho animado de conversas em redor do bar.

Eve vê Niko Polastri, o seu marido, imediatamente. Está a jogar uma ronda de treino com três iniciados; o seu olhar é atento, os seus movimentos, concisos. Mesmo à distância, Eve consegue ver pela linguagem corporal dos novatos como estão ansiosos por impressionar o professor. Uma mulher com cabelo loiro volumoso dá uma carta, que Niko observa por um momento antes de lhe pegar e lha devolver com um sorriso solene. Ela parece confusa por instantes, depois leva a mão à boca e todos os que estão sentados à mesa riem.

Niko possui o dom de partilhar conhecimentos com graça e humor. Na escola do norte de Londres onde ensina Matemática, é popular entre os alunos, que são geralmente considerados um grupo complicado. No clube, onde é um dos instrutores mais velhos, os membros competem abertamente para conquistar a sua aprovação: até os veteranos mais impiedosos derretem se elogiados por um movimento executado com estilo, ou por um contrato feito contra todas as expectativas.

Eve conheceu Niko há quatro anos, quando se juntara ao clube. Nessa altura, estava menos interessada em melhorar a sua técnica de jogo de *brigde* do que em encontrar uma vida social desligada do zunzum intenso e voltado para si próprio da Thames

House. Uma vida social que, com sorte, incluiria um homem atraente e inteligente. Na sua cabeça, via uma figura afável, sem feições distintivas, a acompanhá-la pela escadaria de um restaurante chique do West End.

O clube de *bridge*, cuja média de idades ultrapassava os 50 anos, não lhe trouxe semelhante homem. Se o seu desejo fosse conhecer contabilistas reformados e dentistas viúvos, este seria o lugar ideal, mas homens solteiros e atraentes abaixo dos 40 anos escasseavam por ali. Niko não estava no clube quando ela se apresentara; ela e mais um par de possíveis membros foram recebidos pela Sra. Shapiro, a secretária do clube de cabelos azuis.

Desanimada pela experiência, estava indecisa se voltaria na semana seguinte. Mas foi e, desta vez, Niko estava presente. Era um homem alto com olhos castanhos pacientes e o bigode de um oficial de cavalaria do século XIX. Encarregou-se de Eve desde o momento em que ela chegou, acompanhando-a até uma mesa, chamando mais dois jogadores e fazendo parelha com ela, sem comentários, em meia dúzia de mãos. Depois, dispensando os outros, encarou-a, do outro lado da mesa coberta com baeta verde.

— Ora bem, Eve. Quer as boas notícias ou as notícias menos boas?

— As menos boas primeiro, creio.

— OK. Bem, percebe as bases do jogo. Aprendeu a jogar em criança?

— Os meus pais jogavam, sim.

— E gosta, bastante, de ganhar.

Eve devolve-lhe o olhar.

— É assim tão óbvio?

— Para os outros, talvez não. Gosta de interpretar o *myszka*, o rato. Mas eu vejo a raposa.

— Isso é bom?

— Poderá ser. Mas tem as suas imperfeições.

— Uma raposa imperfeita?

— Exatamente. Se quer jogar um jogo de estratégia, precisa de saber de início onde estão todas as cartas. Para o fazer, tem de se concentrar mais nas jogadas dos seus adversários. Precisa de se recordar do leilão e de contar todos os carteios.

— Certo. — Ela digeriu a informação por um momento. — Então e quais são as boas notícias?

— A boa notícia é que há um *pub* muito simpático a cinco minutos daqui.

Eve riu-se. Casaram alguns meses depois.

O par de Eve nesta noite é um rapaz jovem, talvez com uns 19 anos, um dos elementos de um trio do Imperial College que chegou ao clube no outono. Tem um certo ar de cientista louco, mas é um jogador feroz e excelente, e em West Hampstead é isso que conta.

Após a sua incerteza inicial, Eve começou a ansiar pelos serões ali passados. Alguns dos membros são da idade dos pais dela e mesmo, num ou dois casos, da idade dos avós dela. Mas o padrão de jogadas é impetuoso, e após um dia exigente em Thames House, ela valoriza a ideia de um desafio intelectual por si mesmo.

No final do serão, agradece ao seu par. Acabaram em quarto lugar no geral, um bom resultado, ele sorri, desajeitado, e afasta-se. À entrada, Niko ajuda-a a vestir o corta-vento como se de um casaco Chanel se tratasse, um pequeno ato de cavalheirismo que não passa despercebido aos outros membros femininos, que olham Eve com inveja.

— Como foi o teu dia? — pergunta-lhe ela, enlaçando um braço no dele enquanto caminham de volta ao apartamento.

Começara a nevar há pouco e ela pestaneja quando os flocos lhe tocam no rosto.

— Os rapazes do 11.º compreenderiam melhor o cálculo diferencial se não ficassem acordados até às 2h da madrugada a jogar *Final Attrition 2.* Ou talvez não. E o teu dia?

Eve hesita.

— Tenho um problema para ti. Passei o dia a tentar resolvê-lo.

Niko sabe em que trabalha Eve e, apesar de ele nunca a pressionar para saber mais informação, Eve pensa frequentemente na utilidade que uma mente como a dele teria para os seus empregadores. Ao mesmo tempo, a ideia de o ver caminhar pelos corredores aborrecidos de Thames House enche-a de terror. Aquele é o mundo dela, e não quereria que passasse a ser o dele.

Após sair da Universidade de Cracóvia com um mestrado em Matemática Pura e Aplicada, Niko partiu pela Europa fora numa carrinha velha com um amigo chamado Maciek. O par, que vivia e dormia na carrinha, viajou de torneio em torneio — *bridge*, xadrez, póquer, tudo o que oferecesse um prémio em dinheiro —, e após 18 meses de estrada, reformaram-se com um milhão de zlótis acumulado. Maciek gastou a sua metade em menos de um ano, sobretudo nas raparigas do Pasha Lounge, na Ulitsa Mazowiecka, em Varsóvia. Niko dirigiu-se a Londres.

— Conta-me — diz ele.

— Muito bem. Três homens mortos no chão de um camarote de teatro, após uma atuação. Dois guarda-costas e um chefe da máfia. Todos mortos a tiro. Mas o chefe da máfia fora injetado com tranquilizante antes. Paralisado por um agente imobilizador que lhe foi aplicado no olho. Qual é a história aqui? Porque não foi ele simplesmente morto a tiro como os guarda-costas?

Niko fica em silêncio por um minuto.

— Quem foi morto primeiro?

— Assumo que foram os guarda-costas. O atirador, que se crê ter sido o sobrinho do chefe da máfia, usou um silenciador. Uma arma de baixo calibre à queima-roupa.

— Foram atingidos no corpo?

— O chefe, sim. Os guarda-costas foram atingidos na nuca. Sem confusões. Muito profissional.

— E a seringa, ou lá que era. O agente imobilizador. O que sabemos sobre isso?

— Já te mostro.

Tira uma fotocópia de uma fotografia de dentro da mochila. Param por um bocado no meio de um turbilhão de flocos de neve, debaixo de um candeeiro de rua.

— Que coisa com ar maligno. — Niko sopra a neve do bigode. — Mas inteligente. E talvez não tenha sido o sobrinho. Há alguma mulher envolvida?

Eve olha fixamente para ele.

— Porque perguntas isso?

— O primeiro problema do assassino é como passar pelos guarda-costas com uma arma. Estes tipos são duros e experientes.

— Correto.

— Mas isto, por outro lado... — Ergue a fotografia. — Eles não suspeitariam deste objeto.

— Como assim?

Niko leva a mão ao bolso do casaco e tira de lá uma caneta.

— Observa, se eu desenhar um arame fino ligado aqui, e que prende ali, o que é que temos?

Eve olha para a fotocópia débil.

— Oh, por favor. Como é que não vi isso? — A voz dela reduz-se a um murmúrio. — É um gancho. Uma porcaria de um gancho de cabelo.

Niko olha para ela.

— Então, há uma mulher envolvida no caso?

Na zona exclusiva para viajantes da classe executiva do Aeroporto Charles de Gaulle, Villanelle verifica as mensagens. Uma mensagem codificada confirma que Konstantin se encontrará com ela no café La Spezia, em Gray's Inn Road, em Londres, às 14h, conforme combinado. Depositando o telemóvel na bolsa, bebe-rica o café. A sala está quente, com assentos de moldes suaves e em tons tranquilos de branco e cinzento-acastanhado; as paredes estão pintalgadas com formas de folha iluminadas. Além da parede exterior de vidro laminado, o asfalto, a neve suja e o céu possuem tons cinzentos que mal se distinguem uns dos outros.

Villanelle viaja com um passaporte falso no nome de Manon Lefebvre, a coautora de uma *newsletter* francesa sobre investimento. O seu disfarce consiste na história de que vai a Londres para se reunir com uma editora online interessada em estabelecer uma parceria. Tem um aspeto profissional e anónimo, vestida com uma gabardina de comprimento médio, calças de ganga apertadas e botins de salto. Não pôs maquilhagem, e, apesar da estação do ano, usa óculos de sol de acetato com lentes cinzentas; os aeroportos atraem fotógrafos e, cada vez mais, profissionais das forças de segurança armados com *software* de reconhecimento facial.

Uma assistente de bordo da Air France aparece na sala e conduz os passageiros da classe executiva até ao voo. Villanelle reservou o assento na fila da frente no Airbus e, ainda que insista em não cruzar o olhar com o dele, consegue perceber que o homem sentado no banco à janela, que folheia agora uma revista de bordo, está determinado a iniciar conversa com ela. Villanelle ignora-o e, tirando um *tablet* 4G e auriculares, não tarda a mergulhar num vídeo.

O vídeo mostra, em câmara lenta, os desempenhos finais contrastantes de duas balas de revólver quando disparadas para um bloco de gelatina transparente de balística, um meio de teste concebido para simular o tecido humano. Uma das balas é russa, a outra americana. Ambas são projéteis de ponta côncava, concebidas para causar um choque cinético máximo e manterem-se dentro do corpo do alvo em vez de o trespassarem. Sabendo que provavelmente trabalhará num ambiente urbano movimentado, esta informação interessa a Villanelle. Quer um assassínio imediato, com uma só bala. Não pode arriscar a possibilidade de danos colaterais.

Franze o sobrolho, dividida entre as duas balas de ponta côncava. A bala russa expande-se após a entrada, sendo que o invólucro se abre para trás como as pétalas de uma flor ao embater nos músculos e no osso. A bala americana, por outro lado, não se deforma, mas dá a volta, abrindo uma ferida devastadora ao entrar. Ambas possuem os seus méritos.

— Poderia pedir-lhe que desligue o aparelho, *Mademoiselle*?

É a assistente de bordo, com um fato azul-escuro feito à medida, muito chique.

— Claro.

Villanelle sorri tranquilamente, desliga o ecrã e tira os auriculares.

— O filme era bom? — pergunta o passageiro do lado, aproveitando a oportunidade.

Ela reparara nele antes, na sala da classe executiva. Com 30 e muitos anos e uma boa aparência improvável, como um matador vestido em roupa de designer.

— Na verdade, estava às compras.

— Para si?

— Não, para outra pessoa.

— Alguém especial?

— Sim. Vai ser uma surpresa.

— Sortudo. — Observa-a com um olhar castanho-escuro. — É a Lucy Drake, não é?

— Desculpe?

— Lucy Drake? A modelo?

— Lamento, mas não sou.

— Mas…

O homem pega na revista de bordo e folheia-a até chegar a um anúncio de um perfume.

— Não é você?

Villanelle olha para a página. É verdade, a modelo é estranhamente parecida com ela. Mas os olhos de Lucy Drake são de um verde penetrante. A fragrância chama-se *Printemps*. Primavera. Villanelle tira os óculos. Os seus olhos são de um cinzento gélido, como o pingo do inverno russo.

— Peço desculpa — diz ele. — Estava enganado.

— É um elogio. Ela é lindíssima.

— Isso é verdade. — O homem estica a mão. — Sou Luis Martín.

— Manon Lefebvre.

Ela olha para a revista, agora pousada sobre o braço da cadeira entre eles.

— Como é que conhece o nome da modelo, se não é indiscrição?

— É o que faço. Eu e a minha mulher somos donos de uma agência, chamada Tempest. Temos escritórios em Paris, Londres, Milão e Moscovo.

— E esta Lucy Drake é agenciada por vocês?

— Não. Acho que está na Premier. Já não anda a trabalhar tanto.

— A sério?

— Aparentemente, quer ser atriz. E acha que quantos mais editoriais e publicidades fizer, menos oportunidades tem de ser levada a sério.

— Então tem, de facto, talento?

— Possui talento para modelo, que é muito mais raro do que se pode pensar. Enquanto atriz… — Encolhe os ombros. — Mas também as pessoas desvalorizam tão frequentemente os seus verdadeiros talentos, não diria? Sonham em ser algo que nunca poderão ser.

— É espanhol? — pergunta Villanelle, evitando as perguntas pessoais que consegue antever.

— Sim, mas passo muito pouco tempo em Espanha. As nossas residências principais são em Londres e em Paris. Conhece Londres?

Ela pondera a questão. Será que seis semanas de treino de combate sem armas nos pântanos do Essex contavam? Quinze dias passados a fazer curvas apertadas no curso de condução evasiva em Northwood? Uma semana a aprender a arrombar fechaduras com um ladrão reformado na Ilha dos Cães?

— Um pouco — diz ela.

A assistente de bordo estava de volta com o champanhe. Martín aceita, Villanelle pede água mineral.

— Devia considerar uma carreira de modelo — diz ele. — Tem as maçãs do rosto perfeitas, e o olhar de desdém.

— Muito obrigada.

— É um elogio, acredite. O que é que faz?

— Trabalho na área financeira. Muito menos glamoroso, lamento. E a sua esposa... era modelo?

— A Elvira? Sim, originalmente era. Bastante bem-sucedida. Mas por agora, eu lido com os clientes e ela trata da parte administrativa.

A conversa toma o rumo previsível. Villanelle está segura na pele do seu *alter ego* Manon Lefebvre, e pressiona Martín para conseguir mais pormenores sobre a agência Tempest. Depois de beber dois copos de Veuve Clicquot e já a meio do terceiro, entretém-se a falar de si mesmo, enquanto oferece, ao mesmo tempo, uma miríade de elogios cada vez mais atiradiços a Villanelle.

Por um momento, pergunta-se se ele será um espião do MI5, ou do serviço externo de inteligência francês, o DGSE. Mas ela não comprara antecipadamente o voo para Londres; em vez disso, apanhou um táxi chamado aleatoriamente perto das Galeries Lafayette, na Boulevard Haussmann, e pagou em dinheiro pelo bilhete quando chegou ao aeroporto. As medidas básicas de contravigilância, incluindo uma paragem de último minuto numa estação de serviço da autoestrada A1, garantiram-lhe que não fora seguida desde Paris. E Martín já estava na sala dos viajantes de classe executiva quando ela chegou, já tinha feito *check-in*. Ainda mais importante, os instintos dela — intensamente sintonizados quando a questão é a sua própria segurança — dizem-lhe que este homem não está a desempenhar um papel, que é o sedutor excessivamente arranjado que parece ser. A piada nos tipos narcisistas como Martín é acharem sempre que controlam as situações — no trabalho, nas conversas, no sexo.

Os pensamentos dela resvalam para aquela noite em Palermo. Digam o que disserem sobre Leoluca Messina, ele não tinha problemas de controlo. Na verdade, ficou perfeitamente satisfeito em deixá-la fodê-lo enquanto ela segurava uma Ruger carregada e apontada. De certa forma, todo o episódio fora bastante romântico.

Konstantin está sentado em frente do balcão do café, de frente para a porta e para Gray's Inn Road. O *Evening Standard* está aberto em frente dele na secção desportiva, e ele beberica um *cappuccino*. Quando Villanelle entra, batendo com os pés no chão para limpar a neve, ele olha para cima, fitando-a vagamente, e acena para uma cadeira em frente dele. As boas-vindas discretas anulam o potencial drama do momento; ninguém olha para a jovem mulher vestida com um casaco de loja de segunda mão e um gorro de malha. Pede uma chávena de chá e os dois iniciam uma conversa inaudível. Se alguém tentasse plantar uma escuta para ouvir a conversa, veria os seus esforços frustrados pelo barulho de baixa qualidade do sistema de som e pelos silvos e rugidos fumegantes da máquina de café Gaggia.

Durante 30 minutos, à medida que os clientes entram e saem, discutem logística e armamento num russo veloz e idiomático. Konstantin testa o plano de destruição de Villanelle, atirando uma contrariedade atrás da outra, mas, por fim, concorda com a sua funcionalidade. Pede uma segunda chávena de *cappuccino* e mexe a bebida, pensativo.

— Palermo deixou-me preocupado — diz-lhe ele. — O que fizeste, viajar pelo meio da cidade à meia-noite nas traseiras da mota do Messina, foi imprudente. As coisas podiam ter corrido seriamente mal.

— Improvisei. Estive sempre no controlo.

— Ouve-me, e com atenção. Nunca estás completamente a salvo. E nunca podes confiar verdadeiramente em ninguém.

— Nem em ti?

— Sim, Villanelle, podes confiar em mim. Mas parte de ti deveria sempre desconfiar, questionar e estar alerta ao perigo. Parte de ti *não deveria* confiar totalmente em mim. Quero que sobrevivas, está bem? Não só por seres tão boa no que fazes, mas…

Interrompe-se, aborrecido por as suas preocupações com ela se tornarem momentaneamente pessoais. Desde o primeiro instante, naquela cabana ao lado do rio Chusovaya, ele sentiu as contracorrentes do sexo e da morte a movimentarem-se sob a superfície gelada dela. Soubera que a fome implacável que a motivava poderia também destruí-la. Por um momento, ela quase parece vulnerável.

— Continua.

Ele perscruta o café movimentado com o olhar.

— Olha, neste momento, ninguém sabe com certeza se tu sequer existes. Mas o que acontecer esta semana pode mudar tudo. Os Britânicos são um povo vingativo. Se lhes deres meia hipótese que seja, os serviços de segurança deles perseguir-te-ão com todo o seu poder, e não vão recuar.

— Então, é importante, esta ação?

— É essencial. Os nossos empregadores não tomam decisões de ânimo leve, mas este homem tem de ser eliminado.

Com um dedo, Villanelle traça um V em chá derramado na superfície de melamina da mesa.

— Às vezes pergunto-me quem serão eles, os nossos empregadores.

— São pessoas que decidem como a História vai ser escrita. Nós somos os soldados, Oxana. A nossa função é moldar o futuro.

— A Oxana está morta — murmura ela.

— E a Villanelle tem de sobreviver.

Ela acena com a cabeça, e mesmo na luz fraca de inverno, ele consegue ver o brilho no olhar dela.

Mais tarde, lá no alto de South Audley Street, em Mayfair, ela olha para oeste. No exterior da janela que vai do chão ao teto, o céu do crepúsculo está escuro, e as árvores, cinzentas. Os flocos de neve aterram silenciosamente sobre o vidro.

O apartamento no topo do edifício está registado em nome de um grupo de financiamento de empresas. Há a sala da televisão e um sistema sonoro topo de gama, que Villanelle não utilizará, e uma cozinha devidamente recheada, que ela deixará apenas ligeiramente vazia. Durante as 48 horas seguintes, passará a maior parte do tempo no quarto sentada, como agora, na cadeira de couro Charles Eames, à espera. Há momentos em que ela agradeceria sentir o peso da solidão. Em vez disso, sente um certo nível de vacuidade, nem feliz, nem infeliz. Sente o nascer da onda, um eco da ação que se aproxima. Konstantin fará a sua parte, mas no final será apenas ela, e Kedrin, e o momento.

Leva um dedo à boca, à orla desvanecida da cicatriz. Tinha seis anos quando o pai trouxera *Kalif* para casa. Cão de caça rejeitado pelo dono anterior, afeiçoou-se, devoto, à mãe de Oxana, que já estava gravemente doente. Oxana queria que *Kalif* também a amasse, e um dia, subiu à cama de armação de aço na qual a mãe passava os seus dias cada vez mais dolorosos e encostou a cabeça à do cão, que estava enroscado no cobertor fino. O cão rosnou e mostrou os dentes, atacando Oxana de seguida.

Houve muito sangue, o lábio de Oxana ficou rasgado, tendo sido cosido sem anestesia por um aluno de Medicina que vivia no apartamento do lado, e demorou a sarar. As outras crianças ficavam a olhar para ela, e quando a ferida deixou de ser notória, a mãe de

Oxana já tinha falecido, o pai estava na Chechénia e Oxana estava entregue à compaixão caridosa do Orfanato Sakharov.

Villanelle podia facilmente recorrer a um cirurgião plástico para reparar o seu lábio superior, para que este voltasse a ter a curva perfeita que a natureza designara, mas não o fez. A cicatriz é o último vestígio da sua antiga identidade, e não consegue eliminá-la.

Vinda de nenhures, sente a ascensão mórbida do desejo. Colocando-se de lado sobre o couro branco, pressiona as coxas uma contra a outra e cruza os braços por cima dos seus seios pequenos. Mantém-se nesta posição durante vários minutos, de olhos fechados. Reconhece-a, esta fome. Sabe que ela aumentará a pressão até ser satisfeita.

Toma um duche, veste-se e penteia o cabelo para trás. O elevador leva-a silenciosamente até ao piso térreo, de onde sai para a rua. Pestaneja quando os primeiros flocos de neve lhe tocam na cara. Os carros passam com um silvo frágil de pneus, mas não há muitas pessoas a caminhar, exceto uma prostituta, que veste um casaco de pele de leopardo falsa e calça saltos de plataforma, à espera, na esquina de Tilney Street, observando pacientemente a entrada do Hotel Dorchester. Caminhando para norte, orientando--se por impulso, Villanelle vira em South Audley Street para Hill Street, passa depois por uma arcada e entra numa estrada mais estreita que leva a uma praça tão pequena, que é quase um pátio. Um dos lados é ocupado pela janela bem iluminada de uma galeria, para lá da qual acontece uma visualização privada. Existe um único objeto sob o holofote na montra: uma doninha empalhada num plinto, polvilhada com decorações de *cupcake* de várias cores.

Villanelle fica a olhar para o objeto. As decorações parecem bacilos que se multiplicam. A instalação, ou escultura, ou lá o que é, não lhe transmite nenhuma mensagem.

— Vai entrar?

A mulher — quase 40 anos, vestido de *cocktail* preto, cabelo loiro como o trigo puxado para trás num coque — está inclinada para o exterior da porta de vidro da galeria, mantendo-a meio fechada para evitar a entrada do ar frio.

Encolhendo os ombros, Villanelle entra na galeria, perdendo a mulher de vista quase imediatamente. Aquele lugar está apinhado de convidados de aspeto próspero. Alguns admiram as pinturas nas paredes, mas a maioria está a olhar para dentro, conversando em pequenos grupos à medida que os empregados passam entre eles com canapés e garrafas de Prosecco fresco. Pegando num copo de uma das bandejas, Villanelle posiciona-se a um canto. As pinturas parecem reproduções de fotografias impressas aumentadas e de excertos esborratados de filme. Agrupamentos anónimos, ligeiramente sinistros, vários deles com os rostos desvanecidos. Um homem com um casaco de colarinho de veludo está em frente do quadro mais próximo, um estudo sobre uma mulher no banco traseiro de um carro cuja expressão de choque é iluminada pelo *flash*, com o braço levantado para se proteger da lente invasora do *paparazzo*.

Estudando a expressão do homem — o sobrolho ligeiramente franzido em concentração, um olhar firme —, Villanelle replica-a. Quer ser invisível, ou pelo menos inatingível, até terminar a sua bebida.

— O que acha?

É a mulher que a convidou a entrar. O homem do casaco de colarinho de veludo afasta-se.

— Quem é ela, no quadro? — pergunta Villanelle.

— É esse o objetivo, nós não sabemos. Pode ser uma estrela de cinema que está a chegar a uma estreia, ou uma assassina condenada a chegar ao tribunal.

— Se fosse uma assassina, estaria algemada e chegaria ao tribunal numa carrinha celular.

A mulher olha para Villanelle, analisa o corte parisiense chique e o blusão de motar Balenciaga, e sorri.

— Fala por experiência própria?

Villanelle encolhe os ombros.

— Deve ser uma atriz acabada. Provavelmente nem tem cuecas vestidas.

Instala-se um longo silêncio. Quando a mulher volta a falar, o tom de voz dela mudou subtilmente.

— Como se chama? — pergunta.

— Manon.

— Ora, Manon. Este evento vai demorar mais 40 minutos, e então fecharei a galeria. Depois disso, acho que devíamos ir comer *sashimi* de olho-de-boi no Nobu de Berkeley Street. O que me diz?

— OK — responde Villanelle.

O nome dela é Sarah e há um mês fez 38 anos. Fala sobre arte conceptual e Villanelle anui de modo vago, mas sem realmente ouvir. Não ouve as palavras, diga-se. Gosta das flutuações na voz de Sarah, e fica tocada, de forma abstrata, pelas pequenas rugas de idade em torno dos olhos dela, e pela sua seriedade. Sarah lembra um pouco Anna Ivanovna Leonova, uma professora da escolha secundária do Distrito Industrial, e a única adulta, com exceção do pai, com quem ela alguma vez formara um elo real e não simulado.

— Está bom? — pergunta Sarah.

Villanelle acena e sorri, examinando o peixe cru prateado como uma pérola antes de o esmagar com os dentes, pensativamente. É como comer o mar. Em redor delas, as luzes suaves tocam as superfícies de alumínio raspado, dourado e preto envernizado. A música murmura; as conversas aumentam e diminuem. Os lábios de Sarah formam palavras, e os olhos de Sarah cruzam-se com os dela, mas é a voz de Anna Ivanovna que Villanelle ouve.

Durante dois anos, a professora alimentara os dons académicos excecionais dela, e demonstrara uma paciência interminável perante o seu comportamento sem graça e mal socializado. Depois, certo dia, Anna Ivanovna já não estava lá. Fora atacada e violada quando estava à espera de um autocarro, à noite, que a levaria da escola para casa. No hospital, a professora fora capaz de descrever o seu atacante à polícia, que deteve um antigo aluno de 18 anos, chamado Roman Nikonov, que se gabara da sua intenção de mostrar à professora solteira «como era um homem a sério». Mas a polícia dera cabo das provas forenses e, no final, Nikonov foi solto por causa de um pormenor técnico.

— Manon! — Sente a mão fria de Sarah pegar na dela. — Onde estás?

— Desculpa. A quilómetros de distância. Lembras-me uma pessoa.

— Uma pessoa?

— Uma antiga professora minha.

— Espero que ela fosse simpática.

— Era, sim. E era parecida contigo.

Só que não tinha nada que ver. Na verdade, não era nada parecida com Sarah. Porque pensara isso? Porque *dissera* isso?

— Onde cresceste, Manon?

— Em St. Cloud, nos arredores de Paris.

— Com os teus pais?

— Com o meu pai. A minha mãe morreu quando eu tinha sete anos.

— Oh, meu Deus. Isso é tão triste!

Villanelle encolhe os ombros.

— Já foi há muito tempo.

— De que é que ela…

— Cancro. Era talvez um par de anos mais nova do que tu.

As histórias fazem parte dos disfarces de Villanelle. São roupas que veste, despe e deixa penduradas para a ocasião seguinte.

— Lamento muito.

— Não faz mal.

Tirando a mão de debaixo da de Sarah, Villanelle abre a ementa.

— Olha só para isto! Gelatina de saquê de morangos-silvestres. Temos de experimentar.

Sempre se arrependera de estar demasiado escuro para poder ver a expressão de Roman Nikonov quando ela o castrou na floresta junto ao rio Mulyanka. Mas recorda-se do momento. O cheiro da lama e do fumo de escape da lambreta Riga dele. A pressão da mão dele sobre a cabeça dela, forçando-a a ajoelhar-se. Dos gritos sufocados, que se ouviam bem além das águas, quando ela puxou da faca e lhe cortou os tomates.

Sarah vive num apartamento pequenino em cima da galeria. Ao caminharem de volta ao apartamento, de mãos dadas, deixam pegadas escuras na neve fresca.

— Tudo bem, eu percebo os quadros, mas e aquilo? — pergunta Villanelle, apontando para a instalação misteriosa, exposta na montra da galeria.

Sarah introduz um código no teclado ao lado da porta.

— Bem... a doninha de peluche foi um presente que me foi oferecido na brincadeira. E tinha as decorações na cozinha. Portanto, juntei-as. Divertido, não te parece?

Villanelle segue-a por um lanço de escadas estreito.

— Não tem significado nenhum?

— O que é que achas?

— Eu não penso nada. Não quero saber.

— Então o que é que...

Villanelle dá meia-volta e encosta-a à parede, silenciando--a com a sua boca. Era um momento inevitável, mas Sarah foi apanhada de surpresa.

Muito mais tarde, acorda e descobre Villanelle sentada direita na cama, com a silhueta do seu tronco esguio delineada pela primeira luz da aurora. Esticando-se, Sarah passa uma mão pelo braço dela, sente as curvas duras do deltoide e dos bíceps.

— O que é que me disseste que fazias? — pergunta ela, curiosa.

— Não disse.

— Vais embora?

Villanelle anui.

— Voltarei a ver-te?

Sorri e toca na bochecha de Sarah. Veste-se rapidamente. No exterior, na pequena praça, há silêncio e neve fresca. De volta ao apartamento de South Audley Street, despe a roupa de um golpe e adormece em poucos minutos.

Quando acorda, já passa do meio-dia. Na cozinha, há uma cafeteira meio cheia de café Breakfast Blend da marca Fortnum & Mason, ainda quente. Vários sacos de compras de tamanho considerável foram deixados junto à porta da frente, onde Konstantin os deixara.

Villanelle analisa o conteúdo dos sacos. Um par de óculos de armação tigrada com lentes de um cinzento-pálido. Uma parca com um capuz ornamentado com pelo. Uma camisola preta de gola alta, uma saia axadrezada, colãs pretos de lã e botas com fecho. Experimenta a roupa toda, caminha por ali, adapta-se ao estilo. O conjunto precisa de ser gasto, por isso bebe uma chávena de café, que está a arrefecer, sai do edifício e caminha de Park Lane até Hyde Park.

Mais uma vez, o céu está sombrio, e, em contraste com ele, as avenidas de faias e carvalhos despidos assumem um castanho-acinzentado mais escuro. É início da tarde, mas a luz já está a diminuir. Villanelle caminha rápido pelos caminhos cheios de neve suja, de mãos nos bolsos e cabisbaixa. Há outros caminhantes, mas ela mal olha para eles. De quando em quando, as estátuas surgem do meio da escuridão, os seus contornos são indistintos devido à neve. Numa ponte balaustrada em frente das galerias Serpentine, faz uma pausa. Debaixo de um painel de gelo rachado e estrelado, a água é de um preto sem luz. Um reino de escuridão e de esquecimento para os quais, em dias como este, se sente atraída, como se estivesse sob o efeito de hipnose.

— Tentador, não é?

Villanelle vira-se, surpreendida por ouvir os seus pensamentos reiterados com tal precisão. O homem tem cerca de 30 anos, é esguio e veste um casaco de *tweed* de bom corte, com o colarinho virado para cima.

— Não estava a planear ir nadar.

— Sabe o que quero dizer. «Dormir: talvez sonhar...»

O olhar dele é estável e tão escuro como o curso de água congelado.

— Gosta de Shakespeare?

Ele limpa a neve da balaustrada com a manga e encolhe os ombros.

— É um bom companheiro numa zona de guerra.

— É soldado?

— Já fui.

— E agora?

Ele ergue o olhar na direção do brilho distante de Kensington.

— Faço pesquisa, digamos.

— Bem, boa sorte com isso — esfrega as mãos, sem luvas, uma na outra e sopra sobre elas. — A luz está a desaparecer. E eu também devia ir.

— Vai para casa? — O sorriso de viés sugere que estão a partilhar uma piada privada.

— Exato. Boa noite.

Ele levanta uma mão.

— Vemo-nos por aí.

Curvando-se dentro da parca, ela afasta-se. É só um anormal a atirar-se a ela. Só que não era. Com aquele seu palacianismo inglês letal, é mais e menos perigoso do que isso. E também lhe é familiar. Será possível que já o tenha visto antes, talvez durante os exercícios de contravigilância que ela sempre realiza, quase subconscientemente, aonde quer que vá? Será ele do MI5?

Fazendo uma curva brusca a sul, olha para trás, para a ponte. O homem desapareceu, mas ela ainda sente a presença dele. Dirigindo-se a norte em busca da saída mais próxima, executa uma volta de limpeza, concebida para confundir qualquer espião que a estivesse a seguir. Ninguém a segue, ninguém muda de direção, ninguém acelera para acompanhar o passo dela. Mas se forem uma ameaça séria, quem quer que sejam, terão uma equipa primária a segui-la a pé e uma equipa secundária dedicada à vigilância estática, pronta a colar-se a ela se ela confundir a primeira.

Virando para este, Villanelle caminha ao longo de Bayswater Road, em direção a Marble Arch. Sem correr, mas depressa o suficiente para que quem a seguisse tivesse de aumentar a passada. Para por breves instantes numa paragem de autocarro como se quisesse descansar as pernas, analisando discretamente a área em busca de alguém com as vestimentas monótonas de um artista profissional de rua. Ninguém lhe parece cumprir os requisitos, mas se tivesse uma das equipas A4 do MI5 a segui-la, não haveria ninguém suspeito.

Forçando-se a respirar com calma, dirige-se à rede de passagens subterrâneas de Marble Arch. Com as suas múltiplas saídas, é um bom local para expor ou enganar alguém que vá no seu encalço. Descendo as escadas de Cumberland Gate, ressurge ao lado da Edgware Road e paira perto da entrada de uma loja de desporto, observando o reflexo da saída do subterrâneo na montra de vidro. Ninguém olha para ela, ninguém muda a passada. Andando até à entrada de Marble Arch, caminha rapidamente os cento e poucos metros de comprimento da passagem subterrânea, muda de direção perto de Speaker's Corner e dirige-se à estação de metro. Na plataforma da Central Line, que se dirige a oeste, deixa passar os primeiros dois comboios, observando atentamente a plataforma em busca de passageiros que se vão deixando ficar. A linha é movimentada e há várias possibilidades. Uma mulher jovem com um casaco cinzento corta-vento, transportando uma mochila. Um homem barbudo com um jaquetão grosso. Um casal de meia-idade que segue de mãos dadas.

Entra no terceiro comboio e viaja até Queensway e, justamente quando as portas se estão a fechar, escapa pelo meio delas.

Cruzando a plataforma, regressa, em direção a este, a Bond Street, emerge e chama um táxi em Davies Street. Durante os dez minutos seguintes, manda o condutor fazer uma rota sinuosa pelo meio de Mayfair. Um BMW cinzento segue-os durante algum tempo, mas depois vira para leste em Curzon Street, com um rugido irritadiço de motor. Um minuto depois, um Ford KA preto aparece no espelho retrovisor e, três curvas depois, ainda lá segue. Ao encaminharem-se por Clarges Mews, um beco, Villanelle entrega uma nota de 50 libras ao taxista e dá-lhe ordens rápidas. Trinta segundos depois, o táxi faz uma travagem inesperada, bloqueando a estrada, e o motor desliga-se. Quando Villanelle sai pela porta traseira, ouve o estrondo zangado da buzina do Ford KA, mas ninguém a segue pela passagem estreita com paredes de tijolo, e quando volta cinco minutos mais tarde, a rua está deserta.

E talvez, diz para si mesma mais tarde, no apartamento de South Audley Street, ninguém me estivesse a seguir, de qualquer forma. Qual seria o objetivo? Se os Serviços de Inteligência do Reino Unido sabem quem eu sou e o que sou, então estou acabada. Não vai haver uma detenção, apenas a visita de uma equipa de ação das Forças Especiais, provavelmente o Esquadrão E, e uma cremação no incinerador de lixo municipal. Este, de acordo com Konstantin, é o método britânico, e nada do que Villanelle constatou acerca dos britânicos lhe oferece a mínima razão para duvidar.

Mas o cenário do Esquadrão E não vai acontecer e, com um pequeno esforço de vontade, ela apaga as apreensões instigadas pelo encontro daquela tarde. Enrolada como uma pantera na cadeira Eames de couro branco, ergue um copo de champanhe rosa Black Sea Alexandre II perante a luz que desvanece. O vinho não é distinto nem dispendioso, mas é um símbolo de tudo aquilo com que nunca poderia sequer ter sonhado na sua outra vida.

E enquadra-se no seu estado de espírito. Está agora em confinamento, a sua concentração já está a restringir-se aos detalhes momento-a-momento da ação do dia seguinte. É inundada por um sentimento de antecipação, tão intenso e efervescente quanto as bolhas que rebentam à superfície do champanhe, e, com ele, a dor da fome que nunca desaparece completamente. Vira-se e revira-se na cadeira de pele. Talvez saia para voltar a fazer sexo. Ajudará a matar umas horas.

Eve geme.

— Que horas são?

— 6h45 — murmura Niko. — Tal como todos os dias a esta hora.

Eve enterra o rosto no vale quente entre as omoplatas dele, agarrando-se aos últimos vestígios de sono. A tosse estrangulada da máquina de café sobrepõe-se aos tons ritmados do programa *Today*, da Radio 4. Durante a noite, ela decidiu atribuir uma equipa de Proteção SO1 a Viktor Kedrin.

— O café está pronto — anuncia Niko.

— OK. Dá-me uns minutos.

Regressando da casa de banho, bate com a canela, não pela primeira vez, no frigorífico baixo, com porta de vidro, que ele comprou no mês passado no eBay.

— Merda, Niko, *por favor*. Temos de ter esta… coisa aqui?

Ele esfrega os olhos.

— Não se não quiseres leite no café do pequeno-almoço, *myszka*. Além disso, onde mais é que o poderíamos colocar? Não há espaço na cozinha.

Garantindo que a persiana está baixa — tem o hábito de se abrir sem aviso —, Eve levanta a camisa de noite por cima da cabeça e tira a roupa interior.

— Não creio que precisemos de uma unidade de refrigeração de nível médico para arrefecer um pequeno pacote de leite. E se não há espaço na cozinha, é porque está cheia de coisas tuas.

— Ah, subitamente as coisas são todas *minhas*?

— OK, os livros de cozinha sueca? O micro-ondas alimentado a luz solar…

— São dinamarqueses. E o micro-ondas vai poupar-nos dinheiro.

— Quando? Estamos em Londres NW3. Não há sol nenhum durante 11 meses do ano. Ou nos livramos de algumas das tuas coisas, ou temos de ir viver para uma casa maior. E muito menos agradável.

— Não podemos sair daqui.

Ela veste-se rapidamente.

— Porque não?

— Por causa das abelhas.

Ele põe uma gravata castanho-escura por cima de uma camisa cinzento-prateada.

— Niko, por favor. Nem me fales do raio das abelhas. Não posso ir ao jardim, os vizinhos têm medo de serem picados e correrem…

— Uma palavra, *myszka*. Mel. Este verão, podemos colher 15 quilos por colmeia. Falei com o dono da mercearia e…

— Sim, eu sei que no futuro faz tudo muito sentido. O teu plano a 15 anos. Mas é com o aqui e agora que temos de lidar. Não consigo viver assim. Não consigo pensar claramente.

Cruzam o pequeno patamar das escadas, passando por cima de uma pilha de números anteriores de *Astronomy Now* e de uma caixa de papelão antiquíssima e amolgada marcada como «Equipamento de Teste de Osciloscópio / Tubo de Raios Catódicos», e descem as escadas.

— Acho que a Direção te está a deixar demasiado tensa, *Evochka*. Precisas de relaxar.

Niko verifica no espelho do corredor se a gravata está bem colocada, pega numa pilha de livros de exercícios que deixara na prateleira e guarda-os numa mochila Gladstone gasta.

— Vais voltar a horas do torneio de hoje à noite no clube, não vais?

— Em princípio sim.

A questão é que, se vai atribuir uma equipa SO1 a Kedrin, não vai sentir-se obrigada pelo dever a assistir à sua palestra, ou comício político, ou lá o que é.

Eve veste o casaco e Niko programa o alarme de tecnologia de ponta que Thames House amavelmente lhes cedeu. A porta da frente fecha-se e, de mãos dadas e com cada respiração a provocar vapor, caminham pelo lusco-fusco da manhã até à estação de metro de Finchley Road.

No escritório P3 de Thames House, Simon Mortimer parece impenetrável ao baixar o auscultador do telefone.

— A menos que tenhas uma razão específica para teres mudado de ideias quanto ao Kedrin, não vai ser possível — diz ele a Eve. — É muito em cima da hora.

Eve abana a cabeça.

— Isso é ridículo. O SO1 pode facilmente ter uma equipa preparada com menos de meio dia de aviso. A resistência vem da nossa parte ou da deles?

— Da nossa, pelo que consigo perceber. Há alguma hesitação em alocar uma equipa do SO1 com base em, hum…

— Em quê?

— A expressão usada foi «intuição feminina».

Eve fixa o olhar nele.

— A sério?

— A sério.

Ela fecha os olhos.

— O aspeto positivo é teres expressado a tua preocupação. Estás salvaguardada.

— Suponho que tenhas razão. Mas, a sério, «intuição feminina»? O que disse no memorando foi que estava preocupada por poder ter subestimado a potencial ameaça a Kedrin.

— O que é que te fez mudar de ideias?

No seu ecrã, Eve abre um artigo do jornal russo *Izvestiya*.

— Ora bem, isto é parte de um discurso dele no mês passado em Ecaterimburgo. Vou traduzir. «O nosso maior inimigo, contra quem lutaremos até à morte, e ao qual nunca nos renderemos, é a hegemonia americana sob todas as suas formas. O atlanticismo, o liberalismo, a ideologia enganadora» — na realidade, ele diz serpentina — «dos direitos humanos e a ditadura da elite financeira.»

— As frases habituais, não?

— Concordo. Mas há uma enorme fatia da população russa e do antigo bloco soviético que o vê como uma espécie de messias. E a vida dos messias não costuma ser longa. São demasiado perigosos.

— Bem, esperemos que discurse em Conway Hall e desapareça depressa.

— Esperemos que sim. — Eve esfrega os olhos. — Então terei de ir eu. Não me apetece lá muito, mas... — Fecha a página do jornal russo. — Simon, posso perguntar-te uma coisa?

— Claro.

— O que é que pensas sobre, sabes, a forma como me visto? O comentário sobre a intuição feminina fez-me pensar se estou a passar a mensagem errada.

Ele franze o sobrolho.

— Bem, sei que não és nada desse tipo. E tal como somos relembrados tão frequentemente, a discrição é a palavra de ordem no estilo de Thames House. Mas acho que não te faria mal, talvez, se te aventurasses um bocadinho mais além das linhas Índigo e Clássica da Marks and Spencer. — Olha para ela um pouco nervoso. — O que pensa o teu marido?

— Oh, o Niko vive num universo de moda muito próprio. É professor de Matemática.

— Ah.

— Só não quero que a autoridade deste departamento seja debilitada, Simon. Tomamos decisões muito sérias, e temos de ser levados a sério.

Ele anui.

— Estás ocupada amanhã à tarde?

— Não muito. Porquê?

— Bem, não quero perpetuar nenhum estereótipo, mas talvez pudéssemos ir os dois às compras?

O Hotel Vernon é um edifício de seis andares com uma fachada de pedra cinzenta no lado norte de High Holborn. A sua clientela é, na maioria, tão comum quanto a sua fachada, por isso o chefe de receção Gerald Watts fica satisfeito por dedicar a sua atenção à jovem mulher excecionalmente atraente que está diante dele. Veste uma parca com rebordos de pelo, e os olhos que se focam nos dele, por detrás dos óculos cinzentos, são vivos e diretos. O sotaque dela, com um arranhar francês e uma leve sugestão de Europa de Leste (após cinco anos na receção do Vernon, Gerald considera-se uma espécie de especialista nestas questões), é encantadoramente fraturado.

O nome dela, descobre quando anota os detalhes do cartão de crédito, é Julia Fanin. Não usa aliança; este facto agrada-lhe, o que é absurdo. Apresentando-lhe a chave do Quarto 416, ele permite que os seus dedos se toquem. Está a imaginar, ou será que deteta uma centelha de cumplicidade? Indicando com a mão erguida que um dos seus assistentes levará a mala de viagem até ao quarto dela, observa o abanar fácil das ancas dela ao caminhar até ao elevador.

Quando Eve chega a Red Lion Square, são 19h45. Dentro de Conway Hall, a multidão congrega cerca de 200 pessoas. A maioria dos que vieram ouvir Viktor Kedrin discursar já está sentada na Sala Principal; alguns estão de pé a conversar, encostados às paredes forradas a madeira, enquanto outros caminharam até à galeria. A maioria são homens, mas há por ali alguns casais e várias mulheres mais jovens vestidas com *T-shirts* estampadas com a fotografia de Kedrin. Há ainda outras figuras mais enigmáticas, homens e mulheres, cuja roupa predominantemente negra tem inscrições de *slogans* que podem ser musicais, místicos, políticos ou os três.

Olhando em seu redor, Eve sente-se um pouco deslocada, mas não ameaçada. A sala enche-se depressa, e as várias tribos parecem felizes em coexistir. Se os indivíduos ali presentes tiverem alguma coisa comum, talvez seja o facto de serem marginais. O público de Kedrin é uma coligação de todos os que não possuem representação. Subindo as escadas até à galeria, encontra um lugar na parte da frente do lado direito, com vista para o palco e para o atril, e, com um impulso de culpa, compreende que não telefonou a Niko para o avisar de que não poderá participar no torneio de *bridge*. Procura o telemóvel na mala.

Não lhe diz onde está, apenas que não pode ir, e, como sempre, ele é compreensivo. Nunca lhe faz perguntas sobre o trabalho, sobre as suas ausências ou noitadas. Mas ela consegue perceber que ele está desiludido; não é a primeira vez que tem de se desculpar por ela no clube. Tenho de o compensar, pensa ela. A paciência dele não é infinita, nem deveria ter de ser. Talvez possamos ir a Paris num fim de semana. Apanhar o Eurostar, ficar num pequeno hotel algures e passear pela cidade de mãos dadas. Deve ser muito romântica com a neve.

No salão, as luzes tremeluzem e baixam. No palco, um homem de rabo de cavalo caminha até ao atril e ajusta o microfone.

— Amigos, saúdo-vos. Peço desculpa pelo meu inglês. Mas fico muito satisfeito por estar aqui esta noite e por vos apresentar o meu amigo e colega da Universidade Estatal de Sampetersburgo. Senhoras e senhores... Viktor Kedrin.

Kedrin é uma figura imponente, largo e barbudo, vestido com um casaco gasto de bombazina e calças de flanela. Ouvem-se aplausos e alguns gritos de apoio quando ele entra em palco. Pegando no telemóvel, Eve capta uma fotografia dele.

— Lá fora está frio — começa Kedrin. — Mas, garanto-vos, na Rússia está mais frio.

Ele sorri; os seus olhos são castanhos como uma folha morta.

— Quero falar-vos da primavera. A primavera russa.

Silêncio absoluto.

— No século XIX, havia um pintor chamado Alexei Savrasov. Um grande admirador, pelo que consta, do vosso John Constable. Naturalmente, tal como todos os melhores artistas russos, Savrasov sucumbiu ao álcool e ao desespero e morreu na miséria. Mas antes disso, criou uma série lindíssima de pinturas de paisagens, sendo que a mais conhecida se chama *The Rooks Have Come Back*. É um quadro muito simples. Um lago gelado. Um mosteiro distante. Neve no chão. Mas nas bétulas, as gralhas constroem os seus ninhos. O inverno está a desaparecer, a primavera está a chegar.

» E isto, meus amigos, é a minha mensagem para vós. *A primavera está a chegar*. No coração da Rússia, há uma ânsia de mudança. E sinto a mesma coisa na Europa. Um desejo de derrubar a ditadura do capitalismo, do liberalismo degenerado, da América. Um desejo de fazer renascer um mundo mais antigo de Tradição e de Espírito. Por isso, digo-vos, *juntem-se a nós*. Deixem os EUA com a sua pornografia, com as suas empresas sanguessugas e com o seu consumismo vazio. Deixem-nos ao seu Reino de Quantidade. Juntas, a Europa e a Rússia podem construir um novo Império, fiel às nossas culturas ancestrais, fiel às antigas crenças.

Eve observa a plateia com atenção. Vê os olhares embevecidos, os acenos silenciosos de cabeça, em concordância, o desejo desesperado de acreditar na idade de ouro que Kedrin promete. No meio da fila da frente está uma jovem com uma blusa preta e uma saia axadrezada. É alguns anos mais nova do que Eve, e bonita, mesmo à distância. Por impulso, Eve pega no telemóvel e fotografa-a, fazendo discretamente *zoom* sobre o rosto dela. Apanha-a de perfil, de lábios apartados, olhando fervorosamente para Kedrin.

O discurso ganha força. Kedrin recorda outro homem que sonhou com um novo império — um *Reich* de mil anos, nada mais, nada menos —, mas destroça os nazis pelo seu racismo cru e pela sua falta de uma consciência mais elevada. Faz das Waffen-SS uma exceção, cujo idealismo rigoroso, diz ele, pode ensinar lições valiosas. Isto é demasiado para um dos membros da plateia, um homem de meia-idade que se levanta e começa a gritar incoerências na direção do palco.

Em poucos segundos, duas figuras de roupa quase militar aparecem das sombras na parte de trás da sala, agarram o homem e meio que o conduzem, meio que o arrastam até à saída. Meio minuto depois, perante gritos de apoio desinteressados, regressam sem ele.

Kedrin sorri beatificamente.

— Há sempre alguém, não é?

No total, discursa durante uma hora, explanando a sua visão mística e autoritária para o Hemisfério Norte. Eve está chocada, mas fascinada. Kedrin é carismático e persuasivo de um modo satânico. Eve não duvida de que, esta noite, sairá dali com um grupo de crentes. Ainda não é muito conhecido na Europa, mas na Rússia comanda um séquito em expansão, e possui um pequeno exército de dedicados lutadores de rua, prontos a cumprir a vontade dele.

— Portanto, meus amigos, termino como comecei, com aquela mensagem simples. A primavera aproxima-se. A nossa era está a surgir. As gralhas regressaram. Obrigado.

A plateia levanta-se, como se fosse uma só. Enquanto dão vivas, batem com os pés no chão e aplaudem, Kedrin mantém-se junto do atril, imóvel. Depois, com uma pequena vénia, sai do palco.

A sala esvazia-se devagar, movimento observado por Eve. Os espectadores têm um ar encantado, como se estivessem a acordar de um sonho. Após um par de minutos, acompanhado pelo mestre de cerimónias de rabo de cavalo e ladeado pelos dois soldados rasos que tinham expulsado o protestante, Kedrin aparece no auditório. É rapidamente rodeado de admiradores, que falam com ele à vez e o cumprimentam com um aperto de mão. A mulher da fila da frente espera pela sua vez na periferia do grupo, com um leve sorriso a tocar-lhe as feições felinas e cortantes. Se eu me vestisse assim, pareceria uma bibliotecária, imaginou Eve. Então, como é que esta princesinha fascista consegue ter o aspeto de Audrey Hepburn?

Kedrin reparou seguramente nela e dirige-lhe um olhar como quem diz «espera, deixa-me terminar de falar com estas pessoas, depois dedico-te toda a minha atenção». Em breve, observados pelos dois soldados de cabeça rapada que mal conseguem suprimir o seu divertimento, os dois encetam uma profunda conversa. A linguagem corporal dela — a cabeça inclinada de forma atraente, o peito pequeno espetado para a frente — torna a sua disponibilidade evidentemente clara. Mas acaba por se contentar com um aperto de mão, ajeita a parca e desaparece na escuridão da noite.

Eve é uma das últimas pessoas a abandonar a sala. Ela espera lá fora, perto de uma paragem de autocarro, e quando Kedrin e a sua comitiva saem do edifício, ela segue-os a uma distância segura. Após alguns minutos, os quatro homens entram num restaurante argentino em Red Lion Street, onde são evidentemente esperados.

Decidindo terminar o dia, Eve dirige-se à estação de metro de Holborn. Já passa das 21h30 e ela está demasiado atrasada para o torneio de *bridge*. Mas chegará ao clube a tempo de beber um copo bem servido de vodca e sumo de arando, e de ver Niko jogar algumas mãos. Precisa de relaxar. De uma forma ou de outra, aquele foi um dia estranho.

* * *

Um pouco após as 21h45, já segura de que os russos se acomodaram, Villanelle afasta-se da porta de entrada de onde tem estado a observar o restaurante, e traça um caminho alternativo até ao hotel. Enquanto caminha pelo *hall* até aos elevadores, com o rosto encoberto pelo capuz decorado com pelo, endereça um sorriso e um aceno breve da sua mão coberta pela luva de pele à mesa de receção, lugar onde Gerald Watts ainda se mantém de serviço.

Entrando no Quarto 416, Villanelle abre a pequena mala de viagem, extrai um pacote de luvas cirúrgicas e troca as luvas de pele que estivera a usar por um par daquelas. Depois, de um saco de polietileno selado, tira um microtransmissor do tamanho de uma unha e uma pitada de Blu-Tack. Depositando-o no bolso da parca, abandona o quarto e sobe as escadas até ao quinto andar, onde parece endireitar um quadro na parede exterior do Quarto 521. Feito isto, continua a subir até ao sexto piso, onde as escadas terminam numa saída para o telhado. A porta está destrancada e, saindo, conduz um reconhecimento rápido da área, reparando na localização das chaminés e das escadas de incêndio. Depois, sem pressa, regressa ao quarto andar.

De volta ao seu quarto, aciona um recetor UHF do tamanho de um iPod e põe um dos auscultadores. Não ouve nada, tal como esperara, apenas um silvo ambiente suave. Colocando o recetor no bolso, deixa um auscultador à escuta, e extrai uma bolsa à prova de água da mala. Lá dentro, com cada componente disposto numa cama de espuma personalizada, está a arma que encomendara a Konstantin: uma pistola CZ 75 de 9 mm com corpo feito de polímeros e um silenciador Isis-2. Villanelle prefere uma ação leve com uma arma de combate, e o peso do puxão do gatilho da CZ foi ajustado a dois quilos para tiros de dupla ação, e a um quilo para ação única.

Os homicídios em quartos de hotel são uma ciência complexa, ela sabe disso. Dominar o alvo é fácil; fazê-lo rapidamente, em silêncio e sem danos colaterais é que é difícil. Daquela ação não podia resultar nenhum estrondo reconhecível do tiro, nem nenhum grito de alarme ou dor, nem balas a trespassar as paredes divisórias de gesso ou, pior que isso, os hóspedes do outro lado dessas paredes.

Assim, após acoplar o silenciador, Villanelle carrega a pistola checa com balas de ponta côncava *Chernaya Roza* — Rosa Negra —, de fabrico russo. Estas são concebidas com um invólucro de cobre oxidado cujas seis secções, no impacto, se abrem como pétalas. Isto abranda a penetração, inicia uma onda de choque maciça e incapacitante, e causa uma rotura aumentada do tecido na área percorrida pela bala. Para uma bala de 9 mm, o poder de incapacitação da Rosa Negra é inigualável.

Vilanelle espera, com respiração constante. Visualiza e volta a visualizar a sucessão dos acontecimentos seguintes. Reproduz cada cenário imaginável. Através dos auriculares, ouve os hóspedes do hotel a desejarem boas-noites uns aos outros, risos, portas a fecharem-se. Só uma hora e meia depois, ouve aquilo de que está à espera: vozes a falarem russo.

— Entrem por cinco minutos. Tenho uma garrafa de Staraya Moskva. Temos de rever os planos de amanhã.

Villanelle pondera as suas opções. Quanto mais bêbedos estiverem, melhor. Mas não pode deixar para demasiado tarde. Ouve murmúrios de assentimento e o som da porta a fechar-se.

Mais uma vez, Villanelle espera. Já passa da 1h da madrugada quando a equipa de segurança abandona, finalmente e com alarde, o quarto. Mas quão bêbedo estará Kedrin? Recordará a jovem de olhos esbugalhados que conheceu em Conway Hall? Pega no telefone do hotel e telefona para o Quarto 521. Responde uma voz arrastada.

— *Da*?

Ela responde em inglês.

— Sr. Kedrin? Viktor? Fala a Julia. Conversámos no fim da sua palestra. Disse-me que lhe telefonasse mais tarde. Bem... já é mais tarde.

Silêncio.

— Onde estás?

— Aqui. No hotel.

— Muito bem. Dei-te o número do meu quarto, certo?

— Sim. Vou subir.

Veste a parca. A mala de viagem está agora vazia, com exceção de um saco de plástico de provas. Abrindo-o, Villanelle esvazia o seu conteúdo para dentro da mala, que depois arruma dentro do armário. O saco de provas vai para o bolso da parca dela. Então, após dar uma última olhada ao quarto, sai, pegando na CZ 75 pelo silenciador, de modo que o corpo da pistola fique escondido debaixo da manga dela.

No exterior do Quarto 521, toca suavemente à porta. Há uma pausa e ela abre-se uns poucos centímetros. Kedrin está corado, de cabelo despenteado e com a camisa aberta até meio da barriga. Semicerra os olhos para a examinar.

— Posso entrar? — pergunta ela, inclinando a cabeça e olhando para ele.

Ele faz uma vénia semi-irónica. Manda-a entrar com um gesto vago. O quarto é parecido com o de Villanelle, mas maior. Um feio candelabro dourado está pendurado no teto.

— Despe o casaco — manda ele, sentando-se pesadamente na cama. — Vamos beber um copo.

Ela despe a parca e pousa-a num cadeirão, com a CZ 75 escondida na manga. Sobre uma mesa de apoio, está assente uma garrafa de vodca Staraya Moskva e quatro copos usados. Villanelle verifica o frigorífico. No congelador, há uma garrafa pequena de plástico de Stolichnaya da loja *duty-free*. Abrindo a garrafa, derrama uma quantidade generosa de bebida em dois copos e, cruzando o seu olhar com o dele, entrega-lhe um.

— Um brinde — diz ele, de olhos turvos que baixam até ao peito dela. — Temos de brindar. Ao amor. À beleza!

Villanelle sorri.

— Eu bebo à nossa pátria arruinada… — começa ela, falando russo. — E aos perigos da vida também…

Ele fica a olhar para ela por instantes, com uma expressão simultaneamente melancólica e surpreendida, e continua o poema de Akhmatova.

— Bebo à solidão que partilhamos. — Atira a vodca para trás. — E bebo…

Ouve-se o barulho como de um ramo que se parte e Kedrin morre. O sangue jorra brevemente do orifício de entrada da bala, ao lado da narina esquerda.

— … A ti — murmura Villanelle, completando o dístico ao mesmo tempo que puxa os lençóis por cima dele.

Veste rapidamente a parca e dirige-se à porta. Enquanto sai do quarto, dá de caras com um dos bandidos de Kedrin. Tem ombros largos, um ar ameaçador e cheira a colónia barata.

— Chiu — silva Villanelle. — O Viktor está a dormir.

O guarda-costas semicerra os olhos da sua cabeça de caveira. Um instinto qualquer diz-lhe que algo está errado. Que está lixado.

Tenta olhar para lá dela e compreende demasiado tarde que a Glock 19 que recolheu nessa manhã do motorista está no coldre do ombro dele, e não na sua mão. Villanelle enterra duas balas na base do nariz dele e, quando os joelhos dele cedem, agarra os colarinhos do casaco e atira-o para dentro do quarto. Ele cai de costas, atingindo a alcatifa identificada com o monograma do hotel, como uma tonelada de carne estragada.

Considera por instantes arrastar o corpo para longe da vista, mas vai custar-lhe demasiado tempo. Depois, o telefone do quarto começa a tocar e ela sabe que tem de fugir. Dirigindo-se às escadas, passa pelo colega do *Cabeça de Caveira* e pelo *Rabo de Cavalo*, ouve-os a correr até ao quarto de Kedrin. Mal olham para dentro do quarto, seguem atrás dela, corredor fora.

Villanelle acelera pelas escadas até ao sexto andar, continua a subir, e sai para o exterior. O terraço está de um branco imaculado, e uma tempestade de neve rodopia em seu redor quando ela irrompe pela porta. Só consegue ver a alguns metros de distância. Tem, talvez, 15 segundos de avanço.

A porta estilhaça-se e a fechadura voa para fora. Os dois homens movem-se depressa, aproximando-se pela esquerda e pela direita, respetivamente, deixando a porta a balançar ao sabor do vento gelado. O terraço está deserto. As pegadas vão da escadaria até uma balaustrada, além da qual só se vê escuridão.

Suspeitando de que é um engodo, os dois homens agacham-se atrás da chaminé. Depois, muito devagar, o homem mais jovem gatinha pelo terraço cheio de neve até à balaustrada, olha para lá da estrutura e acena cautelosamente ao *Rabo de Cavalo*. Ali está Villanelle, ligeiramente visível, de costas para eles, com a parca a chicotear-lhe o corpo devido ao vento. Parece estar a observar a chaminé.

Os homens disparam as armas e sete balas atingem a cabeça através do capuz da parca. Quando a figura ténue não cai, eles imobilizam-se; há um instante de terrível compreensão, e depois as cabeças deles tremem quase em uníssono quando Villanelle dispara dois tiros da escada de incêndio atrás deles.

Como amantes, os dois homens enrolam-se um no outro. Subindo a escada, Villanelle desata as mangas da parca do tubo da chaminé e vê-os morrer. Como sempre, é fascinante. Não pode restar muita atividade cerebral após uma bala Rosa Negra florescer dentro do cerebelo, comendo-lhes a memória, os instintos, as emoções, mas, de alguma forma, há uma luz que se mantém. E então, inevitavelmente, apaga-se.

Ali no terraço, naquela gaiola de neve, Villanelle sente o fluxo de poder que há muito aguarda. A sensação de invencibilidade que o sexo promete, mas que apenas um assassinato bem-sucedido confere. Saber que está sozinha no centro dos acontecimentos. Olhando em seu redor, com os homens mortos a seus pés, vê a cidade resumida às suas cores essenciais. Preto, branco e vermelho. Escuridão, neve e sangue. Talvez seja preciso ser russo para compreender o mundo nestes termos.

Aquele sábado é, sem exceção, o pior dia da vida de Eve Polastri. Quatro homens mortos a tiro sob a responsabilidade dela, um assassino topo de gama à solta em Londres, os superiores dela do MI5 enfurecidos, o Kremlin na mesma, o grupo COBRA reunido e — não é preciso referir — a sua carreira na Thames House destruída.

Quando o telefone toca para a informar de que Viktor Kedrin foi encontrado morto a tiro no quarto de hotel onde estava hospedado, Eve ainda está na cama. A princípio, acha que vai desfalecer e, depois, tropeçando até à casa de banho, e verificando que o corredor está bloqueado pela bicicleta de Niko, vomita sobre os próprios pés descalços. Quando Niko chega a ela, Eve está agachada no chão, de camisa de noite, com a tez acinzentada e a tremer. Simon telefona enquanto Niko se senta com ela na cozinha. Concordam encontrar-se no Hotel Vernon. De algum modo, Eve consegue vestir-se e conduzir até lá.

Há uma multidão substancial em Red Lion Street, mantida longe pela barreira de fita que assinala a cena de crime e por dois agentes da polícia. O investigador-chefe no local é Gary Hurst. Ele conhece Eve e apressa-se a levá-la para dentro do hotel, para longe das câmaras curiosas. Na zona da receção, leva-a até uma bancada, serve-lhe uma chávena de chá adoçado de um frasco térmico e observa-a enquanto bebe.

— Está melhor?

— Sim. Obrigada, Gary. — Eve fecha os olhos. — Deus, que tempestade de merda.

— Bem, é uma tempestade colorida. Lá isso lhe digo.

— O que temos?

— Quatro mortos. Atingidos à queima-roupa, todos na cabeça, é sem dúvida trabalho de profissional. A primeira vítima, Viktor Kedrin, professor universitário russo, foi encontrado morto no seu quarto. Com ele estava a vítima número dois, com 20 e muitos anos, parece ser segurança contratado. No telhado, a terceira e quarta vítimas. Julgamos que o terceiro é Vitaly Chuvarov, supostamente um colega político de Kedrin, mas quase de certeza com ligações ao crime organizado. O quarto é outro segurança. Todos armados com pistolas Glock 19, com exceção de Kedrin. Os dois no telhado dispararam, em conjunto, sete balas.

— Devem ter conseguido as armas cá.

O investigador encolhe os ombros.

— Facilmente.

— Sugere que estavam à espera de confusão.

— Talvez. Talvez se sintam mais felizes se estiverem armados. Quer pôr o fato e subir? O outro fulano de Thames House está à sua espera lá em cima.

— O Simon?

— Sim.

— Claro. Onde é que me mudo?

— A área de troca é por ali. — O homem aponta. — Subo num minuto.

Na área de troca, entregam a Eve um macacão branco Tyvek, uma máscara, luvas e botas. Quando termina de se vestir, sente pavor. Já viu muitas fotografias de vítimas mortas a tiro, mas nunca viu corpos a sério.

Lida com a sensação, ainda assim, e, com Simon ao seu lado, imperturbável e sério, tenta recordar os detalhes. As bordas levantadas e cinzentas dos ferimentos de entrada, os vestígios finos de sangue escurecido, as expressões distantes. Kedrin, com os olhos ligeiramente direcionados para o teto, tem uma expressão carrancuda, como se estivesse a tentar recordar-se de alguma coisa.

— Fizeste o melhor que podias — diz Simon.

Ela abana a cabeça.

— Devia ter insistido. Devia ter tomado a decisão certa logo de início.

Ele encolhe os ombros.

— Deste a conhecer as tuas preocupações. E foste rejeitada.

Eve está prestes a responder quando o agente Hurst a chama e lhe acena do cimo das escadas.

— Achei que quisesse saber. Julia Fanin, 26 anos. Deixou o hotel durante a madrugada. Não mexeu na cama, mas deixou uma mala vazia no quarto em que ficou, no quarto andar. Os detetives forenses estão lá agora.

— O que dizem os funcionários da receção? — pergunta Eve.

— Dizem que é atraente. Estamos a analisar as imagens das câmaras de momento.

Uma certeza obscura cai sobre Eve. Tateia o seu fato Tyvek em busca do telemóvel. Procura a fotografia da mulher no comício.

— Poderia ser ela?

O agente olha para o telemóvel.

— Como é que conseguiu esta fotografia?

Eve está a contar-lhe sobre o comício quando o telemóvel dele toca e ele ergue uma mão. Ouve em silêncio, franzindo o sobrolho.

— Está bem — diz ele. — Parece que o cartão de crédito que ela apresentou ontem quando fez *check-in* no hotel foi roubado na semana passada no Aeroporto de Gatwick, à verdadeira Julia Fanin. Mas temos impressões digitais e, com sorte, ADN na mala de viagem, e em breve teremos algumas imagens das câmaras de vigilância. Pode ficar por aqui?

— Durante o tempo que for preciso. — Eve olha para Simon. — Receio que as nossas compras tenham de esperar.

Ao longo dessa tarde, Eve participa numa reunião em Thames House durante a qual é questionada, em detalhe, sobre a sua decisão relativamente à proteção de Kedrin e sobre a sua subsequente mudança de ideias, é informada das investigações da polícia e, por fim, é mandada de licença para casa durante dez dias. Conclui, inevitavelmente, que quando regressar ao trabalho já terá sido despromovida ou despedida.

Em casa, não consegue tranquilizar-se. Há centenas de coisas a fazer no apartamento — separar, guardar, limpar, arrumar —, mas Eve não consegue encetar nenhuma dessas tarefas. Em vez disso, faz caminhadas longas e sem direção pelo meio da neve em Hampstead Heath, verificando constantemente o telemóvel. Contou a Niko o geral da situação, mas consegue ver que ele está a sofrer e se sente frustrado pela sua incapacidade de ajudar. Eve sempre soube que o aspeto secreto do trabalho em inteligência impõe tensões próprias num casamento; o que é chocante é quão corrosivas essas tensões se demonstraram. A forma como o silêncio dela destrói os fundamentos da confiança existente entre ela e Niko.

O acordo a que tinham chegado, logo no início do casamento, estabelecia que, apesar de as horas de trabalho pertencerem à Thames House e aos Serviços, no final do dia ela regressaria a casa, para junto dele. Aquilo que partilhavam — a cumplicidade e a intimidade dos seus fins de tarde e noites — era infinitamente mais importante do que as coisas que não podiam partilhar.

Mas o homicídio de Kedrin espalha-se como uma toxina a cada aspeto da vida dela. À noite, em vez de se deitar na cama com Niko e de sarar as desavenças do dia fazendo amor, ela fica acordada até de madrugada a pesquisar na Internet, à caça de notícias sobre os assassinatos.

Os jornais de domingo escrevem o que podem sobre o caso. O *Observer* sugere um possível envolvimento da Mossad, e o *Sunday Times* especula que Kedrin foi eliminado por ordem do Kremlin, porque os seus discursos cada vez mais fascistas começavam a envergonhar o presidente. A polícia, contudo, não anuncia mais do que os detalhes essenciais do caso. E não faz, sem dúvida, nenhuma referência a uma mulher suspeita. Então, na quarta-feira de manhã, justamente quando a sua torrada começava a tostar — habitualmente Niko prepara o pequeno-almoço, mas já está no trabalho —, Eve recebe uma chamada do investigador Hurst.

A análise de ADN das amostras de cabelo encontradas na mala de viagem, um trabalho apressado pelo laboratório de ciências forenses, revelou uma correspondência na base de dados do Reino Unido. Fora feita uma detenção no Aeroporto de Heathrow. Será que Eve podia ir à Estação de Polícia de Paddington Green para ajudar na identificação?

Eve está disponível, e quando pousa o auscultador do telefone, o alarme de fumo dispara. Atirando a torrada queimada para dentro do lava-loiças com um par de pinças de salada, abre a janela da cozinha e dá umas pancadas vãs no alarme com o cabo da vassoura. Realmente não tenho jeito nenhum para estas coisas domésticas, pensa ela, desanimada. Talvez seja melhor não engravidar. Não que isso seja uma probabilidade, do modo como as coisas cstão a correr.

A Estação de Polícia de Paddington Green é um edifício brutal e prático que cheira a ansiedade e a ar bafiento. No subterrâneo existe uma cela de detenção de alta segurança, onde os suspeitos de crimes de terrorismo são mantidos. A sala de interrogatório está pintada de cinzento e é iluminada com faixas de lâmpadas; uma janela de vidro semiespelhado ocupa a maior parte de uma das paredes. Eve e Hurst estão sentados, com a prisioneira em frente deles. É a mulher que estava no comício de Kedrin.

Eve espera sentir um triunfo arrebatador ao vê-la. Em vez disso, tal como em Conway Hall, é surpreendida pela beleza dela. A mulher, provavelmente com 20 e poucos anos, possui um rosto ovalado com maçãs do rosto altas, enquadrado por cabelo curto escuro e brilhante. Está vestida com simplicidade, com calças pretas e uma *T-shirt* cinzenta que exibe os seus braços magros e a sua figura bem arranjada e de peito pequeno. Parece cansada, e mais do que confusa, mas nem por isso menos graciosa, e Eve fica, subitamente, alerta para a camisola de capuz sem formas que traz vestida e o cabelo mal penteado. O que daria eu para ter o aspeto dela?, pergunta-se. O meu cérebro?

Hurst apresenta-se e à «minha colega do Ministério da Administração Interna», e, ligando o gravador, avisa oficialmente a suspeita, que escolheu dispensar os serviços de um advogado. E, olhando para ela, Eve compreende que há algo errado. Sabe que esta mulher é tão incapaz de cometer um homicídio como ela própria. Sabe que o caso da polícia está prestes a cair por terra.

— Por favor, diga o seu nome — pede-lhe Hurst.

A mulher inclina-se para a frente, na direção do gravador.

— O meu nome é Lucy Drake.

— E a sua profissão?

Olha de relance para Eve. Os olhos dela, mesmo debaixo das luzes, são de um verde-esmeralda vívido.

— Sou atriz. Atriz e modelo.

— E o que estava a fazer no Hotel Vernon, em Red Lion Street, na última sexta-feira à noite?

Lucy Drake olha cuidadosamente para as mãos, que estão cruzadas sobre a mesa, em frente dela.

— Posso começar pelo início?

Mesmo sentindo-se desiludida perante a forma como ela e a polícia foram enganados, Eve não consegue deixar de admirar a elegância do engodo.

Tudo começou, explica Lucy, quando recebeu uma chamada do seu agente. O cliente apresentara-se como pertencente a uma produtora que ia fazer uma série televisiva sobre os diferentes aspetos do comportamento humano. Neste sentido, precisavam de uma atriz jovem, atraente e confiante que levasse a cabo uma série de experiências sociais, nas quais iria interpretar várias personagens. As filmagens decorreriam durante cinco dias em Londres e em Los Angeles, e a candidata bem-sucedida receberia 4000 libras por dia.

— Era uma oferta um bocadinho vaga — diz Lucy. — Mas, dado o valor do pagamento, e a exposição que o programa me traria, não fiquei muito preocupada. Por isso, nessa tarde apanhei o metro de Queen's Park, onde vivo, até ao Hotel St. Martin's Lane, onde iam decorrer as entrevistas. O realizador estava lá — um Peter qualquer coisa, acho que era da Europa de Leste — e um operador de câmara que filmava toda a gente. Havia mais umas quantas raparigas e fomos sendo chamadas uma a uma.

» Quando chegou a minha vez, Peter pediu-me que representasse um par de cenas. Uma em que dava entrada no hotel e tinha de fazer o rececionista ficar caidinho por mim, e outra em que tinha de abordar um orador após uma palestra e, basicamente, seduzi-lo. A ideia em ambos os cenários era ser encantadora e súper namoradeira, mas não parecer atiradiça como uma prostituta. Enfim, tentei o meu melhor, e quando terminei, o realizador pediu-me que esperasse lá em baixo, numa casa de chá cubana, para saber se tinha passado. Assim fiz, e 40 minutos mais tarde ele desceu e deu-me os parabéns, disse que vira todas as candidatas e que o papel era meu.

Ao longo dos dois dias seguintes, «Peter» explicou a Lucy tudo o que ela tinha de fazer. Tiraram-lhe as medidas por causa da roupa que teria de vestir, e ele disse-lhe que este «fato» tinha de ser vestido exatamente assim, sem alterações ou substituições. Na tarde de sexta-feira, teria de dar entrada no Hotel Vernon sob o nome Julia Fanin e levar uma pequena mala de viagem até ao quarto. Peter dar-lhe-ia o cartão de crédito a usar e também a mala, que não deveria abrir sob qualquer circunstância.

Devia depois deixar a mala no quarto, caminhar até Conway Hall, perto de Red Lion Square, e comprar um bilhete para a palestra das 20h, cujo orador era Viktor Kedrin. Após a palestra, ela deveria conseguir acesso a Kedrin, deslumbrá-lo e elogiá-lo, e combinar encontrar-se com ele no mesmo hotel, no final dessa mesma noite. Feito isto, deveria encontrar-se com Peter na esquina da praça, entregar-lhe o cartão de acesso ao quarto de hotel e apanhar um táxi para casa, em Queen's Park.

Na manhã seguinte, disseram a Lucy que Peter a iria buscar para a levar ao Aeroporto de Heathrow, onde embarcaria num voo para Los Angeles. Ali, alguém a iria buscar, hospedá-la-ia num hotel e dar-lhe-ia instruções para a segunda fase de gravações.

— E foi assim que tudo aconteceu? — pergunta Hurst.

— Sim. Ele veio buscar-me por volta das 6h, com um bilhete de primeira classe para Los Angeles, e às 9h já estava a voar. Um motorista foi buscar-me ao aeroporto e levou-me para Chateau Marmont, onde recebi a mensagem de que as gravações tinham sido canceladas, mas que eu podia ficar no hotel. Por isso, aproveitei para ir reunir-me com alguns agentes de outros atores e ao meio-dia apanhei o voo de regresso a Heathrow. Onde fui, hum… detida. Por homicídio. O que foi uma surpresa.

— A sério? — pergunta Hurst.

— A sério. — Lucy franze o nariz e olha em redor da sala. — Sabem, há um cheiro muito esquisito de torradas queimadas aqui.

* * *

Uma hora mais tarde, Eve e Hurst estão nos degraus das traseiras da estação de polícia, a ver um BMW sem matrícula sair do estacionamento, em direção a Queen's Park. Hurst está a fumar. Quando o BMW passa, Eve tem um vislumbre do perfil perfeito que fotografara em Conway Hall.

— Acha que alguma vez vamos conseguir uma descrição útil deste tal Peter? — pergunta Eve.

— É pouco provável. Vamos voltar a chamar a Lucy para que nos ajude a criar um Photofit, depois de ela ter dormido algumas horas, mas não tenho esperanças. Foi tudo demasiado bem planeado.

— E acha mesmo que ela não está envolvida no esquema?

— Sim, acho. Vamos conferir a história dela em detalhe, obviamente, mas a minha suspeita é que não é culpada de nada a não ser de ingenuidade.

Eve anui.

— Ela queria tanto que fosse verdade. A audição bem-sucedida, a grande oportunidade na televisão…

— Sim. — Hurst pisa a beata do cigarro no degrau de cimento molhado. — Ele manipulou-a de forma exímia. E a nós também.

Eve franze o sobrolho.

— Então, como é que dois dos cabelos de Lucy estavam dentro da mala de viagem, se ela nunca a abriu?

— Suponho que Peter, ou um dos seus associados, tenha recolhido alguns cabelos durante a falsa audição, talvez da escova de cabelo dela. E então a nossa atiradora depositou os cabelos na mala, depois de tomar o lugar de Lucy no hotel. Eis uma questão para si. Porquê Los Angeles? Porque iriam dar-se ao trabalho de mandar a rapariga para o outro lado do mundo quando ela já fez a sua parte?

— Fácil — diz Eve. — Para garantir que ela não estava presente quando as notícias do homicídio fossem tornadas públicas. Não podiam arriscar-se a que ela lesse sobre o sucedido na Internet, ou que ouvisse falar do crime na rádio, e que se dirigisse imediatamente à polícia com a informação de que dispunha. Por isso, garantem que ela está num voo até Los Angeles — um voo de 11 horas — no preciso momento em que o homicídio é descoberto, na manhã de sábado. O que não só deixa Lucy incomunicável, como também estabelece uma pista falsa perfeita, dando à verdadeira assassina e à sua equipa tempo suficiente para eliminar quaisquer pistas e desaparecerem.

Hurst acena com a cabeça.

— E uma vez hospedada no luxuoso hotel de Sunset Boulevard…

— Vai ficar durante o período que estiver pago, exatamente. Poderá, talvez, ver ou ler alguma coisa sobre Kedrin, mas tudo isso está a acontecer no outro lado do mundo. Entretanto, tem de se reunir com agentes de Hollywood. Isso será o grande foco da sua mente.

— E depois, quando estiverem prontos, e quando os resultados de ADN chegarem, entregam-nos a Lucy de mão beijada. — Hurst abana a cabeça. — Há que admirar o atrevimento.

— Sim, bem, atrevida ou não, aquela mulher matou quatro estrangeiros a tiro no nosso território. Podemos voltar e rever as gravações das câmaras de vigilância?

— Claro.

As gravações foram editadas de modo a criar um único trecho mudo. Lucy Drake entra no vestíbulo do hotel com a sua parca, carregando a mala de viagem, e faz o *check-in*, deixando as suas intenções claras através da linguagem corporal. Sai do elevador no quarto andar e caminha até ao Quarto 417. Sai do hotel sem a mala, levantando o capuz da parca ao sair.

— Espere, pare. — pede Eve. — Esta é a última vez que a vemos, certo? A partir de agora, a mulher vestida com a parca é a nossa assassina.

— Concordo — diz Hurst.

Reproduz as imagens em câmara lenta, 16 vezes abaixo da velocidade normal. Infinitamente devagar, como se estivesse a caminhar no meio de melaço, a figura encapuzada entra no hotel, ergue uma mão desfocada na direção da receção e desaparece de vista. O rosto dela é invisível, tal como ao longo de todas as imagens registadas nos corredores do hotel.

— Olhe para ela a plantar uma escuta no exterior do quarto de Kedrin — diz Hurst. — Sabe que está a ser gravada, mas não se importa, sabe que não a conseguimos identificar. Temos de admitir, Eve, esta fulana é boa.

— Não conseguiram extrair impressões digitais da escuta, nem de nenhum outro lado?

— Olhe com atenção. Luvas cirúrgicas.

— Filha de um cabrão — sussurra Eve.

Hurst ergue uma sobrancelha.

— É uma cabra assassina, Gary, e custou-me o meu emprego. Quero-a, morta ou viva.

— Boa sorte com isso — diz Hurst.

No seu apartamento na Avenue Kléber, Gilles Mercier e a sua esposa, Anne-Laure, estão a receber visitas. Entre os convidados para o jantar está um ministro adjunto do Departamento de

Comércio Externo, o diretor de um dos maiores fundos especulativos de França e o vice-presidente executivo da mais importante casa de leilões de belas-artes de Paris. Dada a companhia, Gilles encarregou-se de que tudo estivesse perfeito. A comida é servida pelo Fouquet's, um restaurante nos Campos Elísios, os vinhos (um Puligny-Montrachet de 2005 e um Haut-Brion de 1998) são da garrafeira pessoal e cuidadosamente composta de Gilles, e luzes ajustadas até à perfeição iluminam o armário de relógios de ouropel e as duas pinturas a óleo de Boudin da praia de Trouville, que o vice-presidente executivo identificou como sendo cópias, facto que confidenciou, em segredo, ao seu jovem acompanhante do sexo masculino.

A conversa entre os homens segue por caminhos previsíveis. A imigração, a ingenuidade fiscal dos socialistas, os bilionários russos que fazem subir os preços das casas de férias em Vale de Isère e na ilha de Ré, e a próxima temporada de óperas. As esposas destes e o amigo do vice-presidente executivo, por outro lado, conversam sobre a nova coleção de Phoebe Philo, os fabulosos pijamas da Primark, o último filme de Ryan Gosling e um baile de caridade que a esposa do diretor do fundo especulativo está a organizar.

Convidada por Anne-Laure para equilibrar as presenças, Villanelle está extremamente aborrecida. O ministro adjunto, cujo joelho tocou no dela mais de uma vez debaixo da mesa, interroga-a sobre as suas atividades enquanto especuladora a curto prazo e ela responde com generalidades evasivas.

— E como foi a viagem a Londres? — pergunta ele. — Estive lá em novembro. Esteve muito ocupada?

— Sim, o trabalho é sempre assassino. Mas foi ótimo lá estar. Ver Hyde Park nevado. As luzes de Natal, as montras das lojas com belas decorações…

— E as noites? — O homem deixa que a pergunta paire, sugestivamente, no ar.

— À noite lia e adormecia cedo.

— Sozinha? No seu pijama da Primark? — Desta vez é a mão dele que poisa sobre o joelho dela.

— Exatamente. Receio ser uma rapariga algo aborrecida. Casada com o trabalho. Posso perguntar-lhe quem trata do cabelo da sua esposa? Aquele estilo escadeado fica-lhe ótimo.

O sorriso do ministro adjunto vai desaparecendo e a mão afasta-se. Os minutos passam, os copos e pratos são enchidos e reabastecidos, circulam rumores sobre o Palácio do Eliseu e um armanhaque de 15 anos. Por fim, o serão termina e os convidados recebem os seus casacos.

— Anda lá — diz Anne-Laure, pegando em Villanelle pelo braço. — Vamos nós também.

— Tens a certeza? — murmura Villanelle, observando Gilles, que tapa garrafas e dá ordens aos empregados de mesa.

— Sim, de certeza — sibila Anne-Laure. — Se não sair deste apartamento imediatamente, grito. E olha só para ti, toda bem arranjada. Se alguma vez vi uma rapariga a precisar de uma aventura...

Cinco minutos depois, estão as duas a fazer a rotunda do Arco do Triunfo a alta velocidade no Audi Roadster prateado de Villanelle. Está uma noite fria e límpida, mas há pequenos flocos de neve pelo ar. Baixam o tejadilho do Roadster e Héloïse Letissier soa aos altos berros pelas colunas.

— Aonde vamos? — grita Villanelle, com o vento gelado a chicotear-lhe o cabelo enquanto entram na Avenida dos Campos Elísios.

— Não interessa — grita Anne-Laure de volta. — Continua a conduzir.

Villanelle pressiona o acelerador e, gritando e rindo, as duas mulheres aceleram pela escuridão brilhante da noite de Paris.

No penúltimo dia da sua licença forçada, um envelope endereçado a Eve cai na caixa do correio do apartamento. O papel de escrita possui no cabeçalho a marca do Travellers Club, em Pall Mall. A mensagem, que não está assinada e fora escrita num itálico inclinado, é curta e objetiva:

> *Por favor, dirija-se ao escritório da BQ Optics Ltd. Segundo andar, por cima da Estação de Metro de Goodge Street, amanhã (domingo) às 10h30. Traga consigo esta carta. Confidencial.*

Eve lê a nota várias vezes. O papel de escrita do Travellers Club sugere que o correspondente tem ligações aos Serviços Secretos ou ao Ministério dos Negócios Estrangeiros, o facto de ser escrita manualmente e entregue em mão sugere uma desconfiança absolutamente sensata em relação ao *e-mail*. Pode, evidentemente, ser um engodo, mas quem é que se daria ao trabalho?

Às 9h30 da manhã seguinte, Eve deixa Niko sentado à mesa da cozinha, perante uma pilha de panfletos. Está a avaliar os custos e as vantagens de converter o sótão numa quinta hidropónica em miniatura, sustentada por iluminação LED de baixa energia, para a produção de couve-chinesa e brócolos.

A entrada para o escritório da BQ Optics fica em Tottenham Court Road. Reparando nesse pormenor quando sai da estação de metro de Goodge Street, Eve atravessa a rua e observa o edifício durante cinco minutos do lado de fora da Heal's, uma loja de mobiliário. A estação de metro e os escritórios do primeiro andar possuem uma fachada de azulejo castanho, e são encimados por um bloco de apartamentos lúgubre. Os escritórios do segundo andar parecem estar desertos.

Porém, quando ela pressiona a campainha ao lado da porta de entrada, ela abre-se imediatamente. Uma escadaria leva ao primeiro andar, a sede de uma agência de recrutamento, e, a partir daí, por escadas mais estreitas no sentido ascendente. A porta do escritório da BQ Optics está entreaberta. Sentindo-se um pouco tola, Eve empurra a porta e recua. Por um instante nada acontece, e depois uma figura alta, vestida com um sobretudo, caminha até à luz poeirenta.

— Menina Polastri? Obrigado por ter vindo.

— É senhora. E o senhor é?

— Richard Edwards, Sra. Polastri. As minhas desculpas.

Ela reconhece-o e fica aturdida. Este homem é um veterano do mundo da Inteligência, tendo sido chefe de estação em Moscovo e ocupando agora o cargo de diretor da divisão do MI6 na Rússia.

— E todo o secretismo. Peço desculpas por isso também.

Eve abana a cabeça, perplexa.

— Vamos, sente-se.

Ela entra na divisão. O escritório não possui aquecimento e está empoeirado, as janelas estão quase opacas de tanta fuligem. A única mobília existente é uma velha secretária de aço, com dois copos de *takeaway* da cafetaria Costa pousados sobre ela, e um par de cadeiras dobráveis marcadas pela ferrugem.

— Trouxe-lhe um café com leite e sem açúcar.

— Perfeito, obrigada. — Eve dá um gole.

— Estou ao corrente da sua situação em Thames House, Sra. Polastri.

— Trate-me por Eve, por favor.

Ele acena, com um olhar austero, à luz fraca que vem da janela.

— Deixe-me poupar-lhe tempo. A Eve foi responsabilizada pela falha em evitar o homicídio de Viktor Kedrin às mãos de uma mulher desconhecida. A sua avaliação inicial foi não requisitar à Polícia Metropolitana proteção para Kedrin, mas depois mudou de ideias, e a sua decisão foi bloqueada. Correto?

Eve anui.

— Em grande parte, sim.

— A informação de que disponho, e vai ter de acreditar em mim, é que isto não ocorreu devido a inflexibilidade administrativa nem a problemas orçamentais do departamento. Certos elementos de Thames House, e, com efeito, de Vauxhall Cross, estavam determinados a deixar Kedrin sem proteção.

Ela olha para ele.

— Está a dizer-me que agentes dos Serviços de Segurança conspiraram para facilitar este assassinato?

— Algo desse género.

— Mas... porquê?

— A resposta mais curta é que não sei. Mas foram, definitivamente, exercidas algumas pressões. Quer seja uma questão de ideologia, corrupção, ou aquilo a que os Russos chamam *kompromat* — no fundo, chantagem —, é impossível determinar com certeza, mas não há falta de indivíduos e instituições que gostariam de ver Kedrin silenciado. Ele oferecia a planta de um Superestado novo e fascista, implacavelmente hostil para com o Ocidente capitalista. Isto não se tornaria numa realidade já amanhã, mas se olharmos um pouco mais para o futuro, veremos que as perspetivas são terríveis.

— Portanto, acha que os responsáveis podem pertencer a um grupo favorável ao Ocidente e à democracia?

— Não necessariamente. Pode facilmente ser outro grupo de extrema-direita, determinado a fazer as coisas à sua própria maneira. — Edwards fixa o olhar no trânsito de Tottenham Court Road. — Contactei o ministro dos Negócios Estrangeiros russo na semana passada via... chamemos-lhe a antiga rede de espionagem. Prometi-lhe que, uma vez que Kedrin foi assassinado em solo britânico, vamos encontrar o responsável. Ele aceitou esta proposta, mas deixou bem claro que, até que encontremos o assassino, existirá uma certa hostilidade diplomática entre as nossas nações.

Vira-se para a encarar.

— Eve, quero que vá amanhã a Thames House e entregue a sua carta de demissão, que será aceite. Depois, quero que trabalhe para mim. Não de Vauxhall Cross, mas neste escritório, de que parecemos ser donos. Receberá um salário de nível executivo dos Serviços Secretos de Inteligência (SSI), um assistente e todo o apoio de telecomunicações. A sua missão, que perseguirá por todos os meios necessários, é identificar o assassino de Viktor Kedrin. Não discutirá este tema com ninguém que não pertença à sua equipa, e prestará contas apenas a mim. Tudo aquilo de que necessitar, em termos de pessoal extra — equipas de vigilância, apoio armado —, requisitar-me-á a mim e apenas a mim. Com efeito, estará a operar como se estivesse em território hostil. Regras moscovitas.

Os pensamentos de Eve andam num turbilhão.

— Porquê eu? — pergunta ela. — Seguramente terá...

— Para ser brutalmente honesto, você é a única pessoa que conheço que não está comprometida. Não consigo ver até onde se alastrou esta podridão. Mas estudei o seu perfil com toda a atenção e creio que está capacitada para cumprir a tarefa.

— Obrigada.

— Não me agradeça. Isto vai ser difícil e perigoso. Quem quer que seja esta atiradora — há rumores de vários homicídios famosos a nível internacional executados por uma mulher nos últimos dois anos —, ela está bem entrincheirada e é muito, muito bem protegida. Se aceitar esta proposta, terá de fazer o mesmo. Entrincheirar-se. — O homem olha em redor para a sala despida e fria. — Vai ser um inverno longo.

Eve levanta-se. Tem a sensação vertiginosa de que o mundo abrandou. Instala-se um silêncio intenso.

— Aceito — diz ela. — Vou caçá-la. Custe o que custar.

Richard Edwards anui. Estica a mão. Eve sabe que nunca mais nada será igual.

3

São quase sete da tarde quando FatPanda sai do edifício raiado de chuva em Datong Road. Junho em Xangai é um período de humidade sufocante e de chuvadas frequentes. As estradas e os passeios brilham, os carros e camiões silvam ruas fora em baforadas de fumo de escape, e o calor aumenta em ondas no asfalto molhado. FatPanda não é um homem novo nem atlético, e, num instante, a sua camisa está colada às costas suadas.

Mas foi um bom dia. Ele e a sua equipa, chamada Dragão Branco, lançaram um assalto bem-sucedido de *phishing* contra uma empresa bielorrussa chamada Talachyn Aerospace, e começaram agora a tarefa absolutamente satisfatória de recolher os dados da empresa, roubar palavras-passe e arquivos de projetos, e, em geral, se divertirem com a informação mais sensível da empresa.

Nos seus oito anos de existência, o grupo Dragão Branco atingiu com intensidade 150 alvos militares e empresariais. Inicialmente nos EUA, mais recentemente na Rússia e na Bielorrússia. Tal como a maioria das suas vítimas, a Talachyn ofereceu apenas resistência simbólica. Há uma semana, um funcionário júnior recebeu um *e-mail* que dizia provir do diretor de segurança da empresa e que o convidava a clicar numa hiperligação que levaria a mais informações sobre uma nova *firewall*. Com efeito, a hiperligação continha o *downloader* ZeroT, uma ferramenta de acesso remoto concebida por FatPanda, dando à equipa dele o domínio sobre os ficheiros operacionais da Talachyn.

Uma vez que estes estão relacionados com projetos de caças de combate, serão de especial interesse para os superiores de FatPanda em Pequim. O grupo Dragão Branco não é, como alguns pensam, apenas uma equipa gratuitamente destrutiva de piratas informáticos e anarquistas. São uma unidade de elite de guerra cibernética do Exército Popular de Libertação Chinês, que se encarrega de ataques direcionados a empresas estrangeiras, sistemas de inteligência militar e infraestruturas. O edifício de ar incaracterístico em Datong Road foi equipado com bancos de poderosos servidores e linhas de fibra ótica de alta velocidade, tudo arrefecido por sistemas de ar condicionado de precisão. FatPanda, o líder do grupo, é, na realidade, o tenente-coronel Zhang Lei, e foi ele quem escolheu o nome do grupo. O dragão branco como a Lua, de acordo com o simbolismo chinês, representa um poder sobrenatural feroz. É um presságio de morte. Um aviso.

Ignorando as multidões de trabalhadores que se dirigem a casa e o calor pegajoso, FatPanda caminha, sem pressas, pelo labirinto noturno do distrito de Pudong, olhando em redor, admirado perante os arranha-céus da cidade. Observa a enorme coluna de vidro da Torre de Xangai, o colosso azul-prateado do World Financial Centre e a Torre Jin Mao, que parece um pagode. O facto de as coisas serem bastante menos espetaculares ao nível da rua, onde os pedintes esquadrinham caixotes de lixo, não interessa a FatPanda.

Em muitos aspetos, ele é um homem inteligente e até brilhante. É, seguramente, um ciberguerreiro letal. Mas o sucesso levou FatPanda a cometer um erro estratégico essencial: subestimou o inimigo. Enquanto ele e a sua equipa andam a vasculhar a propriedade intelectual de empresas estrangeiras, conduzindo *terabytes* de dados secretos a Pequim, as agências de inteligência mundiais e as empresas de segurança privada não ficaram paradas. Os seus analistas estão também a recolher dados: identificam endereços de protocolos de Internet, desconstroem o *malware* da equipa Dragão Branco através de engenharia reversa e seguem as ações do grupo a cada toque de teclado.

A informação que recolheram e as identidades de FatPanda e da sua equipa foram passadas aos superiores das linhas de comando. Até ver, nenhuma administração ocidental nem russa arriscou um confronto direto com Pequim ao acusar o Exército Popular de Libertação de roubo de dados patrocinado pelo Estado. As consequências diplomáticas seriam demasiado prejudiciais. Mas outros têm uma atitude muito menos preocupada com tais sensibilidades. Os ataques do Dragão Branco custaram às suas vítimas milhares de milhões de dólares ao longo dos anos, e um grupo de indivíduos que, no seu conjunto, são muito mais poderosos do que qualquer governo decidiu que é hora de agir.

Há 15 dias, numa reunião dos Doze numa residência privada junto ao mar em Dartmouth, Massachusetts, o tenente-coronel Zhang Lei foi sujeito a votação. Todos os peixes colocados no saco de veludo com cordão eram vermelhos.

Villanelle chegou a Xangai há uma semana.

* * *

FatPanda caminha pela multidão e pelos fumos de escape de Pudong em direção ao terminal de *ferry* de Dongchang Road. Recebeu treino em técnicas de contravigilância, mas há anos que não as pratica com assiduidade. Está no seu próprio território, e os seus inimigos estão a continentes de distância, pouco mais do que nomes de utilizador bruxuleantes por detrás de palavras-passe transparentes. Nunca considerou seriamente que as suas ações pudessem ter consequências mortíferas.

Talvez seja por isso que, ao entrar no *ferry*, não repara no homem jovem vestido com um fato formal, a apenas alguns metros dele, que o segue desde o escritório, e que fala brevemente ao telemóvel, desaparecendo depois no meio da multidão apressada de Dongchang Road. Ou talvez a mente do tenente-coronel Zhang Lei esteja, simplesmente, noutro lugar. Este príncipe dos ciberespiões tem um segredo só seu, sobre o qual os colegas nada sabem. Um segredo que o enche de um entusiasmo sombrio de antecipação, à medida que o *ferry* navega pelas águas poluídas do rio Huangpu.

Olha para a frente, vendo e não vendo o panorama iluminado do Bund, o cais com um quilómetro de comprimento no qual se erguem os edifícios históricos da Xangai antiga. O seu olhar ultrapassa os antigos bancos e casas de câmbio sem interesse. Estes monumentos ao poder colonial são agora hotéis de luxo, restaurantes e discotecas, um recreio para os turistas ricos e a elite financeira. O seu destino está além desta fachada dourada.

Saindo do *ferry* no terminal de South Bund, FatPanda faz uma revista rápida da área em seu redor, mas mais uma vez não repara no agente que relata o seu progresso, desta vez uma mulher jovem vestida com o uniforme de empregada de hotel. Quinze minutos depois, deixou o Bund e apressa-se pelas vielas estreitas e cruzadas da Cidade Velha. Este distrito, pululante de fregueses e turistas, aromatizado com os fumos de escape e o cheiro forte e gorduroso da comida de rua, é diametralmente distinto do esplendor monumental do Bund. Nas ruas apertadas estão suspensos cabos elétricos e roupa lavada, as bancas geridas por mulheres acocoradas estão carregadas de produtos húmidos devido à chuva, lojas pequeninas atrás de toldos suportados por postes de bambu vendem antiguidades falsas e calendários femininos em estilo *rétro*. Quando FatPanda vira numa esquina, um chulo, montado numa motoreta, gesticula em direção a um interior debilmente iluminado no qual fileiras de jovens prostitutas aguardam e sussurram.

Com uma passada urgente, de coração a bater de forma intensa, FatPanda apressa-se a escapar àquelas tentações. O seu destino é o edifício de esquina de três andares em Dangfeng Road. À entrada, introduz um código de quatro dígitos. A porta abre-se, revelando uma mulher de meia-idade sentada atrás da mesa de receção. Algo na firmeza do olhar dela sugere ter sido submetida a várias cirurgias maxilofaciais.

— Sr. Leung — diz ela, animada, consultado o seu computador portátil. — Por favor, pode subir.

Ele sabe que ela sabe que Leung não é o nome real dele, mas nesta casa em Dangfeng Road prevalece uma certa etiqueta.

O primeiro andar é dado a prazeres sexuais mais ou menos convencionais. À medida que FatPanda sobe as escadas, consegue obter um vislumbre de uma sala cor-de-rosa, através de uma abertura breve da porta, e de uma rapariga vestida com um *baby-doll*.

O segundo andar é, em tudo, mais especializado. FatPanda é recebido por uma mulher jovem que não sorri, vestida com um uniforme de saia verde e branca. Usa um chapéu engomado, agarrado ao seu cabelo amarrado em cima, uma máscara cirúrgica e um avental de plástico transparente que faz barulho quando ela se mexe. Cheira a desinfetante forte. Uma chapa presa ao peito identifica-a como Enfermeira Wu.

— Está atrasado — constata ela friamente.

— Peço desculpa — murmura FatPanda.

Já se sente tão excitado que até treme.

Franzindo o sobrolho, a Enfermeira Wu condu-lo até uma sala ocupada por uma maca, vários monitores e um ventilador. Sob a luz do teto, uma miríade de bisturis, retratores e outros instrumentos cirúrgicos brilha vagamente em bandejas de alumínio.

— Dispa-se e deite-se — ordena ela, indicando uma bata de hospital cor-de-rosa.

A bata mal chega às coxas gordas de FatPanda, e enquanto assume o seu lugar na maca, com os genitais expostos, sente-se profunda e arrebatadoramente vulnerável.

Começando pelos braços, a Enfermeira Wu começa a prender uma série de presilhas de velcro e de lona, apertando tanto as algemas em redor do peito, das coxas e dos tornozelos de FatPanda, que ele fica completamente imobilizado. A última presilha prende-lhe o pescoço, e com essa correia bem segura, ela põe uma máscara de oxigénio de borracha preta sobre o nariz e a boca dele. A respiração é agora um silvo superficial e urgente.

— Compreende que tudo isto é para o seu próprio bem? — pergunta a Enfermeira Wu. — Alguns dos procedimentos que requer são altamente invasivos, e podem ser dolorosos.

FatPanda consegue libertar um gemido ténue debaixo da máscara. Os seus olhos de pânico andam às voltas. Por um instante, a centímetros da cara dele, o avental de plástico da Enfermeira Wu cai para a frente, revelando entrepernas roliças em cuecas utilitárias, possivelmente de fabrico militar.

— Ora bem! — diz a enfermeira, e ele ouve o estalar de luvas de látex. — Precisa de uma limpeza total da bexiga. Vou ter de o rapar e pôr-lhe um cateter.

FatPanda ouve água a correr, sente o calor à temperatura do sangue enquanto ela o ensaboa e começa a depilá-lo com uma lâmina cirúrgica. O pénis dele não demora a tremer e a crescer como uma marioneta. Baixando a lâmina, com um olhar ponderado por cima da máscara cirúrgica de três camadas, a Enfermeira Wu pega num par de fórceps que estão na bandeja. Segurando-os por breves instantes em frente da cara dele, prende os dentes afiados dos fórceps à base do escroto dele. FatPanda olha para ela com adoração, lágrimas a correrem-lhe pelas bochechas. Mais uma vez, como por mero acaso, é-lhe permitido um vislumbre das partes pudendas e peludas da Enfermeira Wu. Ouve o clique do metal, sente os fórceps levantarem e, um momento depois, uma sensação ardente ao longo do períneo.

— Veja só o que me fez fazer — murmura, exasperada, a Enfermeira Wu, erguendo um bisturi cuja lâmina está tingida de vermelho. — Vou ter de suturar o corte.

Abrindo um pacote esterilizado, tira linha de sutura de monofilamento e começa a trabalhar. A primeira entrada da agulha faz FatPanda arquejar, e quando a Enfermeira Wu dá um puxão para apertar o nó da sutura, ele estremece com um prazer que mal consegue conter. Franzindo o sobrolho perante esta impertinência, a Enfermeira Wu tira uma sonda cromada de uma bacia de emese cheia de gelo e insere-a forçosamente no reto de FatPanda. Os olhos dele estão fechados. Está na zona, o lugar onde o terror e o êxtase se encontram numa onda rodopiante e obscura.

E depois, subitamente e em silêncio, a Enfermeira Wu desaparece. FatPanda roda os olhos ensonados, analisando o seu campo de visualização limitado, onde aparece uma outra figura, diferente. Tal como a Enfermeira Wu, esta veste fato cirúrgico, o chapéu, a máscara e calça luvas. Mas os olhos que fitam FatPanda não são castanho-âmbar como os da Enfermeira Wu. São de um cinzento-gelado, como o inverno russo.

FatPanda observa-a com uma surpresa enevoada. Uma nova profissional é um desvio ao cenário que ele não tinha previsto.

— Receio que as coisas estejam muito sérias — diz-lhe ela, em inglês. — Foi por isso que me chamaram.

Os olhos de FatPanda brilham com uma antecipação amedrontada. Uma cirurgiã *gweipo*. A clínica realmente excedeu-se.

Villanelle consegue perceber pela expressão dele que compreendeu o que ela disse. Não que ela duvide por um segundo de que um homem que passou grande parte de uma década a ler os ficheiros confidenciais de empresas internacionais seja fluente em inglês. Do saco aos seus pés, tira um cilindro de alumínio, com apenas 23 cm de comprimento. Desligando o fluxo de ar entre o depósito de oxigénio e a máscara de FatPanda, substitui aquele pelo cilindro.

O monóxido de carbono puro não possui odor nem sabor. Para a hemoglobina no corpo humano, é indistinto do oxigénio. À primeira vaporada fria de gás que lhe entra pelo nariz, FatPanda sente os elos da realidade a desaparecer. Vinte segundos depois, para de respirar.

Depois de se assegurar de que está morto, Villanelle volta a ligar o oxigénio à máscara. Não tem dúvidas de que alguém com as capacidades especiais do tenente-coronel Zhang Lei será alvo de uma autópsia detalhada, e de que a verdadeira causa da morte será rapidamente descoberta, mas não há mal em semear alguma confusão.

Ajoelhada, examina o corpo prostrado da Enfermeira Wu. Quando Villanelle lhe tapou a boca com uma mão coberta por uma luva de látex, lhe espetou uma agulha hipodérmica no pescoço e lhe injetou uma dose cuidadosamente medida de etorfina, a jovem xangaiense soltara um ligeiro gemido de surpresa antes de cair para trás, contra Villanelle. Minutos mais tarde, ainda tem o mesmo aspeto assustado, mas a sua respiração é constante; recuperará a consciência dentro de meia hora.

Num toque artístico, Villanelle despe as cuecas da Enfermeira Wu e deposita-as sobre a cabeça de FatPanda. Então, pegando num telemóvel barato que pagou em dinheiro nessa tarde, fotografa-o de vários ângulos, nenhum deles favorecedor. Um clique final envia as fotografias via *e-mail*, com um comentário pré-escrito, para meia dúzia dos *bloggers* e dissidentes mais influentes da China. Esta é uma história que o governo de Pequim não vai conseguir encobrir.

Se existe uma regra comum a todas as casas de prazer do mundo, é a de que o cliente que chega nunca se deve cruzar com o cliente que sai. Na casa de Dangfeng, umas escadas nas traseiras do edifício levam à saída, que Villanelle agora percorre, tendo despido o uniforme cirúrgico. Lá fora, as ruas estão húmidas, e ainda movimentadas com turistas e famílias em passeio, e ninguém repara numa mulher ocidental jovem com um boné e uma pequena mochila. Quando pressionados — e nos dias e semanas seguintes serão feitas perguntas difíceis aos transeuntes das ruas e vielas da Cidade Velha —, um ou dois dos observadores recordarão que o boné da mulher tinha o logótipo dos New York Yankees e que levava o cabelo louro-escuro preso num rabo de cavalo, e destas parcas impressões surgirá o rumor de que a suspeita é americana. O mais frustrante para os serviços de inteligência e para a polícia é que ninguém se recordará do rosto dela.

Uma caminhada de dez minutos é suficiente para que Villanelle se descarte do telemóvel, da respetiva bateria e cartão SIM em baldes do lixo de diferentes restaurantes. A bata cirúrgica, as luvas, a máscara e o chapéu, juntamente com o cilindro de alumínio que continha o monóxido de carbono, afundam-se no leito sujo do rio Huangpu, guardados num saco de compras atado e carregado de pedras.

Já passaram horas e Villanelle está deitada numa banheira com pés num apartamento do décimo andar do exclusivo bairro French Concession, de Xangai, a meditar no homicídio que acabara de cometer. A água foi perfumada com essência de estefanote, as paredes são de um verde-jade, as cortinas de seda abanam ao sabor da leve brisa.

Como sempre nestas ocasiões, a torrente de emoções de Villanelle entra num fluxo e refluxo. Sente satisfação pelo trabalho bem feito. Uma pesquisa detalhada, o planeamento criativo, e a morte limpa e silenciosa. Poderia outra pessoa ter executado FatPanda com tamanho estilo, com tal facilidade e sem atritos? Reproduz na sua mente os últimos momentos de vida dele. A surpresa quando os seus olhares se cruzaram. Depois, aquela aceitação curiosa quando ele começou a resvalar para as profundezas.

Também sente uma certa satisfação perante a importância do seu papel. É emocionante estar no centro tranquilo de um mundo em mudança, e saber que se é um instrumento do destino. Saber que não está amaldiçoada, mas que é abençoada com uma força terrível compensa as humilhações cruéis que sofreu durante os anos vividos na pele de Oxana Vorontsova.

De entre todas as humilhações, é a rejeição da professora de Francês, Anna Ivanovna Leonova, que ela ainda sente de modo mais intenso. Solteira e perto dos 30 anos de idade, Leonova ficou mais do que surpreendida com as capacidades linguísticas precoces da sua problemática aluna e, ignorando o primitivismo e a deselegância de Oxana, estava determinada a abrir-lhe os olhos para um mundo além dos limites lúgubres de Perm. Portanto, houve sessões durante o fim de semana no pequeno apartamento de Anna, analisando Colette e Françoise Sagan, e, numa ocasião memorável, uma visita ao Teatro Tchaikovski, para assistir à ópera *Manon Lescaut*.

Oxana sentia-se perplexa ante toda a atenção. Nunca ninguém lhe tinha dispensado tanto tempo. Aquilo que Anna Ivanovna lhe dava, compreendeu Oxana, era algo altruísta, algo próximo do amor. Intelectualmente, Oxana compreendia tal emoção, mas também se sabia incapaz de a sentir. O desejo físico, contudo, era outra questão, e ela ficava acordada, noite após noite, torturada por um desejo cru que sentia pela professora e que não conseguia expressar de outra forma senão num vazio carrancudo.

Não que a adolescente Oxana fosse novata no que tocava ao sexo. Experimentara o ato com homens e mulheres, e sentia facilidade em manipular ambos. Mas com Anna, ela sonhava com um reino de sentidos que estava além da trapalhice bêbeda dos motoqueiros atrás do Bar Molotov, ou da língua áspera da mulher segurança da loja TsUM que a apanhara a roubar, a enfiou na casa de banho e enterrou a cara entre as coxas de Oxana como preço pelo seu silêncio.

Oxana tentou, apenas uma vez, levar as coisas mais adiante com Anna. Foi durante o serão em que foram assistir a *Manon Lescaut*. Estavam sentadas no balcão, na última fila de bancos, e perto do fim da ópera, Oxana encostara a cabeça ao ombro da professora. Quando Anna respondeu ao colocar um braço em redor dela, Oxana sentiu-se tão dominada pela emoção, que mal conseguia respirar.

À medida que a música de Puccini as envolvia, Oxana levou uma mão a um dos peitos de Anna. Gentil, mas firmemente, Anna tirou a mão, e, com igual firmeza, um momento depois, Oxana voltou a pousá-la sobre o peito da professora. Este era um jogo que jogara muitas vezes na sua mente.

— Para — disse Anna, baixinho.

— Não gosta de mim? — murmurou Oxana.

A professora suspirou.

— Oxana, claro que gosto. Mas isso não quer dizer...

— O quê? — Apartou os lábios, com o olhar em busca do de Anna na escuridão.

— Não quer dizer... *isso*.

— Então vá para o raio que a parta, e que se lixe a sua estúpida ópera — silvou Oxana, sentindo a raiva acumular-se incontrolavelmente dentro de si.

De pé, tropeçou até à saída e correu escadas abaixo até à rua. Lá fora, a cidade era iluminada pelo brilho sulfúreo da noite, e os flocos de neve rodopiavam em frente das luzes dos carros em Kommunisticheskaya Prospekt. Estava um frio de gelar os ossos e Oxana compreendeu que deixara o casaco dentro do teatro.

Estava demasiado furiosa para se importar com isso. Porque é que Anna Ivanovna não a queria? Aquelas coisas culturais eram todas muito bonitas, mas ela precisava de mais de Anna do que isso. Precisava de ver o desejo nos olhos dela. De ver tudo o que lhe conferia poder sobre Oxana — a sua gentileza, a sua paciência, o raio da sua *virtude* — dissolver-se numa rendição sexual.

Mas Anna resistiu a esta transformação. Ainda que, lá no fundo ela sentisse exatamente o mesmo, e Oxana sabia que era verdade, porque sentira o bater do coração da outra mulher sob a sua mão. Era intolerável, insuportável. E ali, à entrada do teatro, com uma mão enfiada pela parte da frente das calças abaixo, Oxana soltou ofegante a sua frustração até sucumbir, de joelhos, sobre o chão gelado.

Anna perdoou a Oxana o seu comportamento no Teatro Tchaikovski, mas Oxana nunca perdoou totalmente a Anna, e os sentimentos pela professora adquiriram um tom mórbido e furioso.

Quando Anna foi violada, a questão chegou ao ponto de rutura. Pegando na faca de combate do pai, Oxana atraiu Roman Nikonov até à floresta e corrigiu as coisas. Nikonov sobreviveu, o que não fazia parte dos planos dela, mas, de resto, tudo correra na perfeição.

Oxana nunca foi interrogada, e se preferia que a vítima tivesse morrido de choque e devido à perda de sangue, pelo menos sentia a satisfação de saber que ele mijaria por um tubinho para o resto da vida. Confessara tudo a Anna Leonova, dispondo a história aos pés da professora como um gato quando traz para casa um pássaro ferido.

Perante a reação de Anna, o mundo de Oxana ruiu. Esperara gratidão, admiração, um agradecimento profundo. Em vez disso, a professora ficara a olhar para ela, num silêncio gélido e horrorizado. Anna disse que apenas o facto de conhecer as condições que Oxana enfrentaria numa penitenciária feminina a impediam de contactar a polícia imediatamente. Guardaria silêncio, mas nunca mais queria ver ou falar com Oxana.

A injustiça de tudo aquilo, e o sentimento de perda dilacerante, deixou Oxana à beira do suicídio. Ponderou pegar na pistola Makarov do pai, ir até casa de Anna e matar-se. Banhar o pequeno apartamento em Komsomolsky Prospekt com o seu sangue e miolos. Talvez fizesse sexo com Anna primeiro; uma pistola automática de 9 mm é um acessório de sedução bastante persuasivo.

No final, contudo, Oxana não fez nada. E a parte do seu ser que ansiava tão desesperadamente tornar Anna sua simplesmente congelou.

Deitada na água perfumada no seu apartamento em Xangai, Villanelle sente o júbilo anterior ser substituído por uma corrente de melancolia. Vira a cabeça para olhar pela janela, uma superfície de vidro laminado que enquadra o crepúsculo tremeluzente e os telhados do bairro French Concession, e morde pensativamente o seu lábio superior. Em frente da janela está uma jarra Lalique com peónias brancas, de pétalas suaves e envolventes.

Sabe que devia manter-se discreta. Que sair agora em busca de sexo, sobretudo esta noite, seria imprudente. Mas reconhece também o desejo ardente que cresce dentro de si. Um desejo cujo domínio vai apenas intensificar-se. Saindo da banheira, envolta em vapor, fica nua em frente da janela de vidro laminado e considera a infinidade de possibilidades diante de si.

Já passa da meia-noite quando entra no Aquarium. A discoteca fica na cave de um antigo banco privado em North Bund, e a entrada só acontece através de apresentação pessoal. Villanelle soube da existência do Aquarium pela esposa de um empresário japonês do ramo imobiliário que conheceu no Spa Peninsula, em Huangpu. A Sra. Nakamura, uma mulher cheia de estilo e mexeriqueira, explicou a Villanelle que habitualmente frequentava o espaço às sextas-feiras à noite.

— E vou sozinha, em vez de na companhia do meu marido — acrescentou ela, com uma significativa olhadela de viés.

Seguramente, o porteiro conhece o nome Mikki Nakamura. Conduz Villanelle através de uma porta interior que leva a uma escadaria em espiral que, por sua vez, vai dar a uma câmara subterrânea espaçosa e vagamente iluminada. A discoteca está apinhada e o murmurinho animado das conversas sobrepõe-se ao pulsar mudo da música.

Por um instante, Villanelle fica junto à base das escadas, olhando em redor. A característica mais relevante é uma parede de vidro que vai do teto ao chão, talvez com dez metros de comprimento. Uma sombra em movimento obscurece a sua vastidão de uma luminosidade azul, e depois outra, e Villanelle compreende que está a olhar para um tanque de tubarões. Tubarões-martelo e tubarões-bico-fino nadam por ali e as luzes subaquáticas pintam a sua pele de um brilho acetinado.

Hipnotizada, Villanelle caminha na direção do tanque. A discoteca cheira a riqueza, uma mistura capitosa de flor de frangipani, incenso e corpos perfumados com aromas de marca. Dentro do tanque, um tubarão-tigre surge no seu campo de visão e fixa o olhar indiferente e vazio em Villanelle.

— Olhos mortos — diz Mikki Nakamura, materializando-se ao seu lado. — Conheço demasiados homens com este aspeto.

— Todos conhecemos — diz Villanelle. — E mulheres também.

Mikki sorri.

— Ainda bem que veio — sussurra, passando um dedo pelo *qipao* de seda preta de Villanelle. — É um Vivienne Tam, não é? Lindíssimo.

Villanelle replica o sorriso de Mikki e elogia o visual da mulher. Ao mesmo tempo, está a fazer uma verificação de segurança, analisando a discoteca em busca de algo ou alguém que lhe pareça deslocado. Uma figura desconhecida, escondida no escuro. Os olhos que fogem demasiado rápido. O rosto que não se enquadra.

A atenção de Villanelle fica presa a uma figura esbelta vestida com um *top* sem costas e uma minissaia. Mikki segue o olhar de Villanelle e suspira.

— Sim, eu sei no que está a pensar.

— Rapariga bonita — diz Villanelle.

— Rapariga? Até certo ponto. Aquele é Janie Chou, um dos *ladyboys* de Alice Mao.

— Quem é Alice Mao?

— É a dona desta discoteca. Na realidade, é dona de todo o prédio. É uma das mulheres mais ricas de Xangai, graças ao negócio do sexo.

— Obviamente uma mulher de negócios e tanto.

— É uma forma de pensar nela. Não é o tipo de pessoa a quem queiramos desagradar. Mas vou buscar-lhe uma bebida. Os martínis de melancia são incríveis.

— E incrivelmente fortes, aposto.

— Relaxe, querida — diz Mikki. — *Divirta-se.*

Enquanto a outra mulher se junta à multidão no pequeno bar *art déco*, atrás do qual uma pessoa jovem e elegante agita *cocktails*, Villanelle permite-se ser arrastada por um grupo de homens chineses jovens que gesticula, todos vestidos com roupa de marca.

— Acho que você não tem o que eles querem — diz uma voz suave ao lado dela. — Mas eu posso ter o que *você* quer.

Villanelle fixa os olhos bonitos e virados para cima de Janie Chou.

— E o que é isso?

— A experiência de ter uma namorada? Muitos beijos na boca, muitos chupões e sexo, e depois eu cozinho para si?

— Talvez não hoje. Tive um dia de morte.

Janie inclina-se sobre ela, para que Villanelle consiga cheirar as flores de jasmim do seu cabelo.

— Tenho caranguejo (*crabs*) — sussurra ela.

Villanelle ergue uma sobrancelha.

— Não, tonta! No meu frigorífico, não no meu jardim feminino! Caranguejo-peludo-chinês. Muito caros.

Mikki aproxima-se com dois copos de martíni cheios e entrega um a Villanelle, ignorando Janie propositadamente.

— Quero apresentar-lhe uma pessoa — diz ela, pegando no braço de Villanelle e guiando-a noutra direção.

— O que é caranguejo-peludo-chinês?

— Uma iguaria local — diz Mikki. — Ao contrário daquela prostitutazinha.

Mikki apresenta Villanelle a um jovem malaio atraente com um fato de anarruga.

— Este é o Howard — diz ela, claramente ansiosa por obter a aprovação de Villanelle. — Howard, esta é a Astrid.

Cumprimentam-se com um aperto de mãos e Villanelle repete os pormenores do seu disfarce. Astrid Fécamp, 27 anos, colunista da *Bilan21*, uma *newsletter* francesa dedicada aos investimentos. Tal como todas as suas personagens, esta foi cuidadosamente construída. Se alguém quiser investigar *Mademoiselle* Fécamp online, descobrirá que ela é, há dois anos, editora da *Bilan21* e especialista em títulos petroquímicos.

Mas Howard está demasiado ocupado a debitar elogios sobre Mikki para se preocupar com tais pormenores.

— Fúcsia! — suspira ele, dando um passo atrás para admirar o vestido Hervé Léger dela. — A cor perfeita para ti.

Pessoalmente, Villanelle acha a cor um desastre. Em contraste com a tez pálida como marfim de Mikki, o fúcsia fá-la parecer a mãe de Howard. Mas talvez seja isso que ele aprecia.

— Então, e o que é que você faz? — pergunta Villanelle. — Trabalha no negócio da moda?

— Não exatamente. Sou dono de um *spa* conceptual em Xintiandi.

— É paradisíaco — inspira Mikki. — Há um jardim de pedras e uma fonte de gelo Evian e monges budistas que nos alinham os chacras e nos arranjam o cabelo.

— Parece maravilhoso. De certeza que os meus chacras estão todos rebentados.

— Ora bem. — Howard sorri. — Tem de me fazer uma visita.

Assim que se pode esquivar decentemente, Villanelle deixa-os sozinhos. Circulando pelo espaço com o copo de martíni na mão, volta a deparar-se com os tubarões. E, momentos mais tarde, surge de novo Janie Chou.

— Venha comigo — diz Janie, de feições suaves devido ao brilho lunar do tanque. — Há alguém que a quer conhecer.

— Quem?

— Venha. — A mão magra de Janie pega na de Villanelle.

Numa alcova mal iluminada, uma mulher está sentada sozinha, verificando as mensagens no seu telemóvel. É eurasiática, e quando olha para cima para dispensar Janie com um gesto casual, Villanelle vê que os olhos dela são verde-pálidos.

— A Janie tem razão — diz a mulher. — É linda. Quer sentar-se?

Villanelle inclina a cabeça, aceita. Devido à conduta proprietária da mulher, deduz que se trata de Alice Mao.

— Portanto. Gosta da minha discoteca?

— É... divertida. Poderiam acontecer aqui coisas.

— Acredite, acontecem. — A diversão toca os olhos verdes da mulher. — Quer beber um chá? Um martíni desses é mais do que suficiente, pela minha experiência.

— Gostaria muito. Chamo-me Astrid, já agora.

— Combina consigo. O meu nome, como sabe, é Alice. De que é que se ocupa, Astrid?

— Previsões financeiras. Escrevo para uma *newsletter* de investimento.

Alice Mao franze o sobrolho.

— Escreve mesmo?

— Sim. — Villanelle sustém o olhar dela. — Escrevo.

— Já conheci muita gente da área financeira, Astrid, e nenhum deles se parece minimamente consigo.

— Com que é que me pareço então?

— Tendo por base estes breves instantes, diria que é mais parecida comigo.

Villanelle sorri, permitindo que a avaliação fria de Alice lhe inunde as veias. Há algo nas feições da outra mulher, a forma como a linha esticada da maçã do rosto se suaviza na curvatura do queixo, que mexe com ela. Sabe que tais sentimentos são perigosos, mas há momentos em que o secretismo e a cautela quase selvagem com que conduz a sua vida se tornam insuportáveis.

Alice olha para o telemóvel. Levanta-se e o seu vestido azul como o céu da meia-noite flutua com o mesmo brilho subaquático dos tubarões.

— Siga-me.

Conduz Villanelle por uma porta, depois por um elevador. O barulho e a música desaparecem, há uma subida vertiginosa e Villanelle segue Alice até ao apartamento no topo do edifício, com uma iluminação tão fraca quanto a da discoteca. Há ali um ecrã dobrável de folha de ouro, e pinturas contemporâneas nas paredes, mas a divisão é dominada pela vastidão dramática de uma janela de vidro laminado. Bem abaixo do nível onde se encontra, existe a cidade: o seu vasto brilho torna-se indistinto devido ao smogue.

— A puta da Ásia. É o que costumavam chamar a Xangai. E ainda é verdade. Este apartamento, a discoteca, este edifício… tudo pago por sexo. Quer chá?

Indica um foco de luz na mesa de apoio.

— É Silver Needle, da província de Fuding. Acho que vai gostar.

Villanelle beberica a infusão pálida. Sabe a encostas aromáticas e varridas pela chuva.

— Podia fazer de si uma mulher muito rica — diz Alice. — Tenho clientes que pagariam grandes somas por uma noite consigo.

Villanelle olha para o exterior. Consegue sentir o odor da outra mulher e do cabelo dela.

— E a Alice? O que pagaria por mim? Aqui e agora?

Alice olha para ela, de sorriso constante.

— Cinquenta mil *kuai*.

— Cem mil — contrapõe Villanelle.

Alice inclina a cabeça, refletindo, e depois dá a volta para encarar Villanelle. Os olhos verdes focam-se nos cinzentos.

— Por cem mil *kuai* — diz ela, desapertando o botão de seda do colarinho de Villanelle —, tenho grandes expectativas.

Villanelle acena e fica de pé, imóvel, enquanto os dedos de Alice percorrem o *qipao* dela. Fecha os olhos, sente a seda ser levantada dos seus ombros e a sua roupa interior ser removida. Nua, sente o chão reclinar-se debaixo dos pés. Tenta pronunciar o nome de Alice, mas o que lhe sai é Anna, e quando tenta sussurrar «fode-me», o que diz realmente é «mata-me».

Quatro dias depois, Eve Polastri e Simon Mortimer saem da frescura do ar condicionado da zona de chegadas do Aeroporto de Pudong para o calor de 30° C da fila de táxis. É meia-noite. A humidade tingida pelos fumos de escape engole-os como uma onda. Eve sente humedecer o couro cabeludo e o conjunto de casaco de malha e blusa da H&M esmorecer sobre os seus ombros.

Com sardas e de cabelo selvagem, rosto livre de maquilhagem, Eve sabe que não é o tipo de mulher que capte atenções. Desde que aterrara, há uma hora, a única pessoa que a olhara duas vezes fora o agente alfandegário chinês que verificou o passaporte dela, talvez intimidado pela intensidade silenciosa do seu olhar. Tanto ela como Simon parecem mais velhos do que são. Os seus colegas passageiros da British Airways, se tiverem sequer pensado duas vezes no assunto, assumiram todos que são um casal.

Simon olha-a de modo afetuoso. Ela faz-lhe lembrar um estorninho ou um tordo, uma dessas aves que patrulham os relvados com olhares aguçados e bicos penetrantes. Os caçadores-assassinos do mundo da inteligência, tal como os do reino animal, possuem frequentemente uma plumagem desinteressante.

Eve considera a sua própria aparência mistificante.

— Achas que eu podia ser bonita? — perguntara ela à mãe, pouco antes de ir para Cambridge estudar Criminologia e Psicologia Forense.

— Acho que és muito inteligente — respondeu a mãe.

Foi preciso conhecer o marido, Niko, um professor de Matemática nascido na Polónia, para que lhe dissessem que era bonita.

— Os teus olhos são como o mar Báltico — disse ele, passando um dedo pela bochecha pálida, quase transparente, dela. — Da cor do petróleo.

— És tão cheio de tretas.

— Só quando quero sexo.

— Cheio de tretas *e* pervertido!

Ele encolheu os ombros.

— Não me casei contigo por seres excelente cozinheira.

Eve já sente saudades dele.

Chamando um táxi, um Volkswagen Santana verde, Simon dá a morada do hotel ao condutor.

— Não sabia que falavas mandarim — diz Eve.

Simon passa uma mão pelo seu maxilar, com a barba por fazer.

— Estudei mandarim durante um ano na universidade. Se este tipo começa uma conversa a sério, estou lixado.

— Ele sabe onde fica o Hotel Sea Bird?

— Acho que sim. A expressão dele sugeria que não estranhou o pedido.

— Veremos. Richard Edwards descreveu-o como discreto.

A visita de Eve e Simon não é, de todo, oficial, por isso não há ninguém do MI6 em Xangai para os receber. Com efeito, todos os aspetos da posição deles são irregulares. Desde que fora recrutada por Edwards para investigar o homicídio de Kedrin, uma operação não registada, Eve não contactara um único ex-colega. Em vez disso, dia após dia, semana após semana, dirigira-se ao escritório exíguo e lúgubre sobre a estação de metro de Goodge Street. Ali, com o paciente Simon, esquadrinhou ficheiro atrás de ficheiro confidencial, fixando o olhar no ecrã do computador até que a cabeça lhe latejava e os olhos lhe doíam de cansaço, em busca de algo — um sussurro, uma reflexão, a sombra de uma sugestão — que pudesse deixá-la mais próxima da mulher que assassinou Viktor Kedrin.

E não chegou a lado nenhum. Conseguiu identificar vários homicídios importantes de políticos e criminosos nos quais há rumores do envolvimento de uma mulher, e um punhado de outros assassínios que está segura terem sido executados por um atirador do sexo feminino. Já reviu, mais vezes do que consegue recordar, a gravação das câmaras de vigilância do hotel onde Kedrin estava hospedado em Londres e na qual podemos ver a sua assassina a entrar e a sair. Mas as imagens estão esfumadas e indistintas, e mesmo quando melhoradas ao máximo, o rosto da fulana nunca é visível.

Quando não estava a varrer o ciberespaço, Eve seguiu as linhas de inquérito do mundo real apresentadas pelo caso Kedrin. Mas cada pista, independentemente de quão promissora parecia inicialmente, a levou a uma barreira impermeável. Não há testemunhas, não há pistas forenses, não há resultados de testes de balística úteis, nem rasto de dinheiro ou documental. Em determinado ponto, tudo para, simplesmente.

Apesar desta falta de progressos, Eve tem uma ideia formada acerca da mulher que está a perseguir. A mulher a quem por vezes chama *Chernaya Roza* — Rosa Negra —, por causa das munições de ponta côncava russas de 9 mm que usou para matar Kedrin e os guarda-costas deste. Eve crê que a sua Rosa Negra terá 20 e poucos anos, é altamente inteligente e uma solitária. É audaciosa, fria sob pressão e sumamente dotada em compartimentar as suas emoções. Muito provavelmente, é uma sociopata, com uma falta profunda de afeto e consciência. Terá muito poucos amigos, ou nenhuns, e as relações que formar serão de uma natureza avassaladoramente manipulativa e sexual. O ato de matar tornou-se, possivelmente, um mal necessário para ela, sendo que cada homicídio bem-sucedido prova quão intocável é.

Passam menos de 24 horas desde que Richard Edwards entrou, sem aviso, no escritório acima da estação de metro.

— Alguém se dá ao trabalho de limpar este lugar? — pergunta ele, com uma vaga aversão.

— Sim, o Simon limpa. E, muito ocasionalmente, eu também. Peço desculpa se não está de acordo com os padrões de Vauxhall Cross. Já mandámos vir mais uns sacos para o aspirador.

— Bem, ficamos então à espera. E entretanto… — Abriu a mala que tinha aos pés, extraindo de lá dois passaportes bastante gastos e um maço de bilhetes de avião e horários. — Vocês vão para a China. Hoje à noite. Alguém eliminou o líder da equipa de guerra cibernética deles em Xangai, e pensa-se que o homicídio foi executado por uma mulher.

Demorou menos de cinco minutos a dar a Eve todas as informações sobre a morte do tenente-coronel Zhang Lei.

— A vossa missão — disse ele — é estabelecer contacto discretamente com o MSE, o Ministério Chinês de Segurança do Estado, e passar-lhes as minhas garantias de que o homicídio de Zhang não foi patrocinado, permitido ou executado por nós. Além disso, deverão oferecer-lhes qualquer ajuda de que possam precisar na investigação do homicídio, incluindo partilhar as nossas suspeitas sobre uma assassina contratada.

— Tenho algum contacto no MSE?

— Sim. O nome dele é Jin Qiang. Conheci-o em Moscovo quando ele era o diretor da estação deles na Rússia, e é um bom homem. Desde então tanto ele como eu deixámos certas vias secundárias abertas. Ele sabe que vocês estão a caminho.

— Ele não vai perguntar-se porque vai trabalhar comigo, em vez de um dos agentes da estação local? Que, presumivelmente, já estão a investigar o caso.

— Haverá de supor que existem certas sensibilidades. Razões pelas quais não podem deslocar-se lá a título oficial.

— Portanto, devemos sequer contactar a estação do MI6 lá?

Edwards levantou-se, caminhou até à janela e espreitou pela fuligem, para ver o trânsito.

— A bem da vossa segurança, temos de assumir que a conspiração existente para encobrir os passos desta mulher possui um alcance global. Se ela anda a matar pessoas em Xangai, terão pessoas por lá. Possivelmente, o nosso pessoal. Por isso, vocês têm de se manter afastados deles. Não podemos confiar em ninguém.

— O que é que posso contar ao fulano do MSE?

— Ao Jin Qiang? No que respeita à nossa assassina, não temos nada a perder em lhe contar tudo o que sabemos. — Acabou de beber o seu café e deitou o copo de papel no lixo. — Nós precisamos de a apanhar, ele precisa de a apanhar.

A porta escancarou-se.

— Sabes, estou convencido de que a estação de Goodge Street é uma porta de acesso ao Inferno — disse Simon, atirando a mochila do computador para cima da secretária. — Acabei de ter um momento mesmo à Buffy... — Congelou. — Ah, olá, Richard.

— Olá, Simon. Bom dia.

— Vamos a Xangai — disse-lhe Eve, e perguntou-se que desculpa ia dar a Niko.

— Olha para isto — diz Simon, abrindo a janela do táxi e inundando-o com o calor da noite. — É extraordinário.

E é, de facto. Estão a aproximar-se da Ponte Nanpu, com grandes edifícios de escritórios à direita e à esquerda: as suas janelas sem-número são cabeças de alfinete douradas em contraste com o roxo-pisado do céu. E, subitamente, o cansaço de Eve evapora-se e sente-se tonta com a novidade de tudo aquilo. Gira tudo em redor de dinheiro e lucro. É possível vê-lo nos arranha-céus altíssimos, cheirá-lo nos fumos de escape e saboreá-lo no ar da noite. A ânsia. Os grandes riscos e os grandes lucros. A sensação desenfreada de que mais é mais.

Esta impressão é confirmada quando atravessam a ponte. Por baixo deles, os barcos enfeitados com pequenas luzes percorrem a imensidão escura do rio. À sua direita, num esplendor iluminado, espera o Bund.

— Como te sentes? — pergunta Eve a Simon.

Ele inclina-se para a frente, com o casaco de linho dobrado no colo.

— Não sei bem. As coisas ficaram muito estranhas recentemente.

— Ela anda por aí — murmura Eve. — A nossa Rosa Negra.

— Não sabemos com certeza que foi ela quem matou o pirata informático.

— Ah, foi ela, sim.

— Assumindo que foi ela. Porque ficaria por estas bandas?

— Não consegues adivinhar?

— Não. Para ser honesto, não consigo.

— Por mim, Simon. Ela está à minha espera.

— Agora estás mesmo a começar a soar doida. Vou atribuir essas ideias ao *jet lag*.

— Espera só.

Simon fecha os olhos. Cinco minutos mais tarde, chegam ao hotel.

Só quando está no quarto, um espaço funcional com paredes branco-pérola decoradas com um único calendário desatualizado, é que permite a si mesma pensar em Niko. O telefonema que trocaram depois de Edwards abandonar o edifício fora horrível. Teria sido suficientemente fácil inventar uma história qualquer, mas não conseguia mentir e disse simplesmente a Niko que teria de se ausentar por alguns dias. Ele ouviu, respondeu «Compreendo» e desligou. Não tem ideia alguma de onde ela está, ou de quando voltará para casa. Eve olha pela janela. Há uma estrada e, para lá dela, o brilho escuro da água. Um conjunto de casas flutuantes com luzes fracas.

Eve ama Niko, e está a magoá-lo profundamente, o que é angustiante, porque, apesar de toda a experiência e sabedoria dele, ela não consegue evitar pensar em si mesma como protetora dele. Ela está a protegê-lo da verdade sobre si mesma. Do lado que ele sabe que existe, mas que escolhe não reconhecer. O lado que está absolutamente absorvido pela mulher que está a perseguir, e o mundo obscuro e refratado onde ela existe.

* * *

— Estão hospedados no Hotel Sea Bird, em Suzhou Creek — diz Konstantin. — Chegaram ontem à noite.

Villanelle anui. Estão os dois sentados no apartamento do décimo andar no bairro French Concession. Na mesa entre eles está uma garrafa de água mineral Tibet Glacier, dois copos e um maço de cigarros Kosmos.

— O que significa que não estão cá em missão oficial — continua Konstantin. — O Sea Bird cobra o preço da chuva, para os padrões de Xangai.

Villanelle olha para o brilho pálido do céu.

— Então porque achas que vieram cá?

— Ambos sabemos por que razão vieram. A mulher Polastri andava a fazer perguntas por Londres depois da morte de Kedrin, como te disse na altura. Se está aqui, é porque fez as ligações certas.

— O que significa que é inteligente. Ou sortuda. E que preciso de a ver de perto.

— Não. Isso seria imprudente. De certeza que a Polastri não tem ideia real do que se está a passar, mas isso não significa que não seja perigosa. Eu encarrego-me dela e tu voltas para Paris. Precisamos de encerrar esta operação. O pirata informático está morto e tu precisas de desaparecer.

— Não posso fazer isso.

A expressão dele endurece-se.

— Não é assim que quero que sejam as coisas entre nós, Villanelle. Não quero ter de negociar cada decisão.

— Eu sei que não. Queres que eu seja a tua boneca assassina. Dás à corda, apontas-me ao alvo, pum, pum, e enfias-me de novo na caixa. — Olha para ele nos olhos. — Desculpa, mas não é assim que funciono hoje em dia.

— Estou a ver. Então, como é que funcionas, exatamente?

— Como um ser humano que pensa e sente.

Ele desvia o olhar.

— Por favor, Villanelle, não me fales de sentimentos. És melhor do que isso. *Nós somos* melhores do que isso.

— Somos mesmo?

— Sim. Vemos o mundo pelo que ele é. Um lugar onde existe uma única lei: a da sobrevivência. Tu sobrevives com bastante conforto, ou não?

— Talvez.

— E porquê? Porque, considerando um ou outro incidente descuidado, obedeceste às regras. O que te disse eu em Londres?

Ela desvia o olhar, irritada.

— Que nunca estou completamente a salvo. E que nunca devo confiar verdadeiramente em ninguém.

— Exatamente. Se te lembrares disso, ficas bem. Se te esqueceres, estás lixada. — Ele pega nos cigarros. — Se te esqueceres, estamos todos lixados.

Franzindo o sobrolho, Villanelle caminha até à porta de vidro que dá acesso à varanda e abre-a. O ar húmido enche a sala.

— Estás preocupada com a tua saúde? — pergunta Konstantin, acendendo um *Kosmos*. — Pensei que levares com uma bala na nuca seria uma preocupação mais urgente.

Villanelle olha para ele. O cheiro amargo do tabaco lembra-a dos primeiros dias que passaram juntos. Na Rússia, devia fumar pelo menos um maço por dia.

— Então e quem é que me vai balear? A Eve Polastri? Não me parece.

— Acredita, Villanelle, o pessoal dela mata-te sem pensar duas vezes. A Polastri diz uma palavra ao Edwards e o MI6 manda uma equipa de ação do Esquadrão E. Razão pela qual tens de ir embora, *agora*. Xangai é uma cidade enorme se fores chinesa, mas é muito pequena se não o fores. Podes esbarrar com ela em qualquer lugar.

— Não a encontro, não te preocupes. Mas tenho forma de chegar a ela. Talvez até de descobrir o que é que ela sabe.

— A sério? — Ele exala o fumo do tabaco, que desaparece na brisa quente. — E, por gentileza, dizes-me como?

Assim faz e, durante um longo período, ele fica em silêncio.

— É demasiado perigoso — acaba por dizer. — Demasiadas variantes. Podemos acabar por atrair exatamente o tipo errado de atenções.

— Uma vez disseste-me que esse tipo de operação era uma especialidade tua. — Olha para ele especulativamente. — Medo, sexo e dinheiro, disseste tu. Os três grandes persuasores.

— É demasiado perigoso — repete ele.

Ela afasta o olhar.

— Podemos não voltar a ter esta oportunidade. Não podemos arriscar-nos a não a aproveitar.

Ele levanta-se. Caminha até à varanda. Termina o cigarro, a seu tempo, e atira a beata para o ar.

— Se fizermos o que sugeres — diz —, tu ficas longe de vista. Sou eu quem faz os movimentos. De acordo?

Ela sorri com uma expressão feroz.

— Merda — diz Eve, olhando para o telemóvel. — Isto é um mau início.

— Conta-me — pede Simon.

Eve senta-se na sua cama de hotel, ainda desfeita. O quarto é pequeno, com móveis de bambu gastos e uma vista distante sobre a enseada. A roupa interior está visível na mala aberta de Eve, e ela deseja que tivessem concordado encontrar-se lá em baixo.

— É o Hurst. — Eve entrega-lhe o telefone. — O rasto do cartão de crédito da Fanin não leva a lado nenhum.

O investigador Gary Hurst é o detetive-chefe no caso do homicídio de Viktor Kedrin. Anda a seguir uma ponta solta que podia, teoricamente, indicar um erro cometido por aqueles que orquestraram o homicídio de Kedrin. Parece que o roubo do cartão usado por Lucy Drake para fazer *check-in* no hotel fora reportado por Julia Fanin à polícia, mas não ao banco. Consequentemente, o registo no hotel passou sem segunda verificação.

Esta discrepância inquietou Hurst, especialmente quando Fanin insistiu que tinha telefonado para o número de Cartões Perdidos & Roubados do seu banco, uma afirmação confirmada pelos registos do seu telemóvel. Afinal, os serviços de apoio às questões relacionadas com cartões de crédito do banco são externalizados a um *call center* perto de Swindon, no sudoeste de Inglaterra, e a investigação de Hurst concluiu que um dos empregados da empresa descongelou o cartão depois da queixa de desaparecimento, por isso permaneceu utilizável. Milhares de libras em roupa, voos e contas de hotel foram depois cobrados a esta conta ao longo de um período de duas semanas, no final das quais os gastos pararam abruptamente. É justamente aí que a investigação parou. A mensagem de Hurst diz:

De momento a percorrer os mais de 90 empregados que podem ter atendido a chamada da JF. Mas registos relevantes foram apagados, por isso não estou confiante em resultados.

— E mesmo que, por milagre, ele consiga um resultado, é certo e sabido que a seguir esbarraríamos noutro impedimento — diz Simon, devolvendo o telemóvel a Eve.

Ela guarda-o na mala.

— Vamos encontrar-nos com Jin Qiang. O táxi já deve estar lá em baixo à espera.

Aberto em 2009, tendo sido durante 70 anos o primeiro novo edifício do Bund, o Hotel Peninsula é assustadoramente grande. A entrada possui pilares *art déco*, em tons de dourado-velho e marfim. As alcatifas são vastas, as conversas, silenciosas. Os carregadores com uniformes brancos apressam-se discretamente entre o grande balcão da receção e os elevadores quase silenciosos.

No catálogo online, o vestido solto verde de Eve era descrito como um «um clássico chique e estival», mas, dando uma olhadela ao espelho do elevador, sente que está a passar a mensagem errada. O vestido não tem mangas e ela cortou-se enquanto se depilava — ainda sente a axila a arder bastante —, por isso, de alguma forma, tem de dirigir uma reunião essencial com um agente veterano do Ministério Chinês de Segurança do Estado sem levantar o braço direito.

Jin Qiang está sozinho na *suite*. É um espaço amplo, iluminado com suavidade e serenamente luxuoso. As cortinas azul-céu enquadram a vista para o rio, e, a maior distância, podem ver-se os arranha-céus de Pudong.

— Sra. Polastri, Sr. Mortimer. É um grande prazer.

— Obrigada por concordar em reunir-se connosco — diz Eve, enquanto ela e Simon se sentam em cadeirões forrados de seda.

— Possuo memórias muito afetuosas de Richard Edwards. Espero que esteja de boa saúde.

Durante alguns minutos, trocam palavras simpáticas. Jin é uma figura tranquila que enverga um fato cinzento-claro. Fala inglês com um ligeiro sotaque americano. De quando em quando, um distinto ar de melancolia toca-lhe o rosto, como se estivesse triste pelas excentricidades do comportamento humano.

— O homicídio de Zhang Lei — começa Eve.

— Sim, com efeito. — Ele entrelaça os seus dedos compridos e de unhas cuidadas.

— Desejamos transmitir as nossas garantias de que esta ação não foi patrocinada, executada, nem de forma alguma permitida pelos agentes do governo britânico — diz Eve. — Tivemos as nossas desavenças com o vosso ministério, em particular relativamente às atividades dos indivíduos que se apelidavam de Dragão Branco. Uma unidade que, acreditamos, faz parte do Exército chinês. Mas não é desta forma que escolhemos resolver tais diferenças.

Jin sorri.

— Sra. Polastri, está enganada ao pensar que o grupo Dragão Branco está ligado ao Exército Popular de Libertação Chinês. Eles, e outros como eles, são apenas trafulhas que agem por sua própria vontade.

Eve inclina a cabeça diplomaticamente. Sabe que esta é a explicação oficial sobre todos os ciberataques com origem na China.

— Estamos aqui em Xangai para ajudarmos como pudermos — continua Simon. — Especialmente em relação ao homicídio do tenente-coronel Zhang.

— Parece-me que ele era apenas Sr. Zhang.

— Claro. As nossas desculpas. Mas acreditamos que Richard Edwards lhe comunicou as nossas suspeitas em relação a uma assassina?

— Assim fez. E estou ciente das circunstâncias que envolveram a morte de Viktor Kedrin.

Eve inclina-se para a frente no seu cadeirão.

— Deixe-me ir direita ao assunto. Acreditamos que a mulher que matou Viktor Kedrin também matou Zhang Lei. Acreditamos que não age sozinha, mas em representação de uma organização com poder e alcance consideráveis.

— Isso é, de facto, ir direita ao assunto, Sra. Polastri. Posso perguntar o que tinham Zhang Lei e Viktor Kedrin em comum para terem sido... *eliminados* por esta organização?

— Neste momento é difícil dizer. Mas repito que nem os nossos colegas nem os americanos tiveram influência na morte de Zhang Lei. Nem na de Viktor Kedrin.

Jin cruza as mãos no colo.

— Terei de aceitar as vossas garantias.

Eve sente-se, de súbito, consciente do corte na axila. Por um momento pavoroso, pergunta-se se terá deixado uma mancha de sangue no tecido do cadeirão.

— Posso ser franca consigo? — pergunta ela.

— Por favor.

— A crença de Richard Edwards, de que partilhamos, é que existe uma organização secreta — ainda por identificar — responsável por cometer estes crimes. Desconhecemos os seus propósitos ou as suas prioridades. Não sabemos quem são, nem quantos são. Mas suspeitamos que colocaram operacionais na nossa própria organização e também no MI5, para quem eu costumava trabalhar. E, quase seguramente, no seio de outros serviços de segurança.

Jin franze o sobrolho.

— Não sei exatamente como vos posso ajudar.

Eve sente a reunião a escapar ao seu controlo.

— A única forma de avançarmos, neste momento, é seguir o dinheiro. Sabe ou suspeita de alguém nos serviços de segurança ocidentais, Sr. Jin, que esteja a ser pago por uma organização como a que acabo de descrever?

O silêncio envolve-os. Sente o choque de Simon perante a inconveniência da pergunta dela.

A figura de Jin permanece impassível.

— Talvez devamos pedir mais chá — sugere ele.

— Viste o meu casaco preto? — pergunta Villanelle. — O da Annabel Lee, com botões pérola?

Em resposta, Alice Mao geme. Está deitada na cama ao lado de um jovem com traços bem esculpidos e um corpo tonificado no ginásio que brilha como teca oleada. Ambos estão nus. Por baixo do lençol de seda, o homem movimenta-se ritmicamente entre as pernas de Alice. São duas e meia da tarde.

— De certeza que o deixei por aqui algures — murmura Villanelle.

Exasperada, Alice roda e fica deitada de barriga para baixo.

— Por favor. Voltas para a cama?

— Tenho de ir às compras.

— *Agora?*

Villanelle encolhe os ombros.

— O Ken está muito concorrido, sabes? — diz Alice. — Está a fazer-nos um favor, ao enquadrar-nos assim no horário dele.

Villanelle conhece a história de Ken, porque Alice lha contou. Era aluno na Universidade de Hong Kong e estava a terminar a sua dissertação de mestrado sobre a poesia de Sylvia Plath, quando foi identificado por um recrutador nos banhos turcos de um hotel. Assim se tornou Ken Hung, a estrela pornográfica mais famosa da China.

Como se seguisse uma deixa, Ken atira os lençóis para trás.

— Minhas senhoras, temos verga!

Alice arqueja.

— Oh, meu Deus, é tal como nos filmes. Ainda maior, até. Querida, pelo menos passa-lhe a mão.

— Desculpa, mas não quero mesmo essa coisa perto de mim. Só quero o meu casaco preto. — Villanelle franze o sobrolho. — Não conheces nenhuma loja onde eu possa comprar bons utensílios de cozinha, pois não?

— Podes experimentar a loja Putua em Changhua Lu — diz Ken, olhando com satisfação para o pénis mais famoso da China. — É lá que compro todos os meus utensílios de cozinha. Sou um *grande* fã da Nigella.

Uma hora mais tarde, Villanelle caminha por um dos corredores da loja Putua, reparando no posicionamento das câmaras de vigilância. É uma loja de armazém que vende sobretudo para os restaurantes, oferecendo todos os aparelhos e recipientes possíveis e imagináveis. Prateleira após prateleira está bem composta de panelas, frigideiras, recipientes para cozinhar a vapor, caçarolas, travessas e latoaria brilhante. Há minuciosos suportes para bolos, moldes fantásticos para gelatina e todo um corredor de *woks*. *Woks* pequenos para fritar rapidamente camarões individuais, e *woks* do tamanho de jacúzis com capacidade para cozinhar um boi inteiro.

A loja só tem um punhado de clientes. Há um casal jovem que discute tranquilamente sobre espetos de *kebab*, um homem com ar incomodado que carrega um carrinho com utensílios de bambu para cozer *dim sum* a vapor, e uma velhota que resmunga sozinha enquanto escolhe uma colher para fazer bolas de melão.

No último corredor, Villanelle encontra aquilo que procura. Cutelos. Com as melhores lâminas para fatiar e cortar, pesados cutelos capazes de cortar osso para golpear e desmembrar. O olhar dela aterra num *chukabocho*, um cutelo fabricado localmente com uma lâmina de aço de carbono de 708 gramas e um cabo de madeira de bordo listado. Manuseia-o bem. Dois minutos mais tarde, sai da loja, após pagar por uma dúzia de copos de *cocktail* e vários conjuntos de sombrinhas de papel. De alguma forma não identificada nas câmaras de vigilância, o *chukabocho* acabou no fundo da mochila dela.

— Tudo bem, admito — diz Eve. — Estou nervosa.

— Já foste a encontros, não já?

— Isto não é um encontro. É uma reunião com o chefe dos Serviços Secretos chineses.

— Se assim o dizes. Acho que ele gosta de ti.

— Simon, por favor. Não estás a ajudar. Sinto-me muito desconfortável neste vestido. E com estes sapatos. Mal consigo andar.

— Estás adorável. Quando é que te vais encontrar com ele?

— Vem buscar-me à entrada do hotel dentro de dez minutos. Quais são os teus planos?

— Pensei em dar um passeio até ao Bund. — Encolhe os ombros. — Talvez procurar algum lugar onde tomar um *cocktail*.

— Porta-te bem. Vou para baixo esperar.

— Diverte-te.

Ela atira-lhe um olhar sarcástico e, cambaleando um pouco no seu novo vestido Lilian Zhang e nos saltos altos Mary Ching — a ideia de submeter o recibo daqueles gastos fá-la sentir um frio por dentro —, dá uma última olhadela ao espelho. É forçada a admitir que está com um excelente aspeto. A cabeleireira do hotel até conseguiu a proeza de pentear o cabelo dela num rolo francês.

— Não achas que a maquilhagem está de mais?

— Não! *Vai* lá!

O convite fora uma surpresa, para dizer o mínimo. O encontro na *suite* do Peninsula tinha ficado mais ou menos suspenso depois da pergunta de Eve a Jin Qiang. Os espiões, mesmo entre si, são altamente relutantes em admitir que conduzem ativamente atividades de espionagem. Depois de mais uma hora de discussão sobre o homicídio de Zhang Lei, durante a qual Eve entregou um dossiê bem preparado sobre a investigação ao homicídio de Kedrin, Jin interrompeu a reunião e acompanhou Eve e Simon à entrada do hotel.

Ali, no meio da grandiosidade da *art déco*, o mesmo tipo de homens de negócios parecia estar envolto nas mesmas conversas silenciosas. Quando se despediram com um aperto de mão debaixo do pórtico ladeado por pilares, Jin hesitou.

— Sra. Polastri, gostaria muito de lhe mostrar um pouco de Xangai. Por acaso estará livre esta noite?

— Estou sim — disse ela, surpreendida.

— Excelente. Vou buscá-la ao seu hotel às 20h.

Ela abriu a boca para lhe agradecer, mas ele já se estava a afastar silenciosamente.

Jin chega às 20h em ponto. Vem montado numa mota, envergando um elegante fato preto e uma camisa branca de colarinho desapertado, tendo assim um aspeto muito diferente do cauteloso agente de inteligência que Eve conhecera horas antes.

— Sra. Polastri, está... espetacular.

Com um sorriso de cortesia, entrega-lhe um pequeno ramo de violetas frescas, atadas com uma fita de seda.

Eve fica encantada e, ao pensar em Niko a ensinar matemática a uma turma de adolescentes aborrecidos a meio mundo de distância, sente uma pontada de culpa. Agradecendo a Jin, enrola as violetas húmidas num lenço e guarda-as na mala.

— Pronta? — pergunta ele, passando-lhe um capacete.

— Pronta. — Senta-se de lado no assento, como viu as mulheres xangaienses fazerem.

Entram no trânsito pela East Nanjing Road. A via pública, uma das mais movimentadas de Xangai, está estrangulada e sufocada em fumos de escape. Jin ziguezagueia a mota com destreza entre os veículos em andamento e para num semáforo vermelho.

Ali sentada, com a mota a borbulhar por baixo dela, Eve vislumbra uma figura impressionante a caminhar pelo passeio na sua direção. Uma mulher jovem, esbelta e com porte, de calças de ganga e um casaco de malha preto com botões pérola. Cabelo loiro-escuro penteado para trás, para longe dos seus traços finos e astutos. Uma curva subtil e sensual na boca.

Eve observa-a por um momento. Já viu aquela cara nalgum lado, ou será apenas um *déjà-vu*? Como se sentisse o olhar de Eve, a mulher olha para trás. É bonita, tal como uma ave de rapina o é, mas Eve nunca antes se deparou com um olhar de tal vacuidade desumana. Quando o semáforo muda, e a mota anda para a frente, a temperatura parece ter baixado um ou dois graus.

Cinco minutos depois param num cruzamento, no exterior de um grandioso edifício *art déco* encimado por um pináculo néon em cascata. As luzes coloridas percorrem o comprimento da fachada antiga. Acima do pórtico, a palavra *Paramount* brilha no crepúsculo.

— Gosta de dançar?

— Eu… sim — responde Eve. — Na verdade, gosto.

— O edifício Paramount é um famoso marco da década de 1930. Era aqui que toda a gente vinha dançar. Os gângsteres, a alta sociedade, as mulheres bonitas…

Ela sorri.

— Parece que gostava de voltar a esses dias.

Ele tranca a mota.

— Foi um período muito interessante. Mas os tempos atuais também o são. Venha.

Eve acompanha-o até um vestíbulo decorado com fotografias em sépia, e daí entram num pequeno elevador que os leva, sem pressas, até ao quarto andar. O salão de dança é como uma caixa de música forrada a dourado e vermelho. No palco, uma cantora de meia-idade, com o seu vestido comprido, canta com voz enrouquecida uma versão de *Bye Bye Blackbird*, enquanto cerca de uma dúzia de casais dança o *quickstep* em volta da pista de dança em consola.

Jin leva Eve até uma mesa lateral numa cabina e pede *Coca-cola* para ambos.

— Primeiro o trabalho? — pergunta ele.

— Primeiro o trabalho — concorda ela, bebericando o refresco açucarado.

Um casal desliza, em silêncio, por eles.

— O que lhe vou contar nunca poderá repetir, OK?

Ela abana a cabeça.

— Esta conversa nunca aconteceu. Falámos sobre dança. Sobre a vida noturna na Cidade Velha.

Ele aproxima-se dela no banco e inclina a cabeça na direção da dela.

— O nosso falecido amigo, como sabe, foi morto num estabelecimento na Cidade Velha. Era fetichista das cirurgias. Masoquista. Sabíamos disso. Visitava aquele estabelecimento a cada seis semanas, mais ou menos, e pagava a uma profissional do sexo para simular... vários procedimentos médicos. Fazia tais visitas com discrição; os colegas não sabiam nada sobre estas atividades.

— Mas não era discreto o suficiente para escapar ao conhecimento do seu departamento, como é óbvio.

— Justamente.

Eve repara que Jin está, com efeito, a admitir que Zhang Lei estava a trabalhar para o Estado.

— Por isso, ou estamos perante uma organização capaz de montar uma operação de vigilância extensa e a longo prazo... — Eve hesita. — Ou uma organização com acesso a informação adquirida pelo seu departamento.

Jin franze o sobrolho.

— É seguramente o primeiro caso. E apenas possivelmente o segundo.

Eve acena devagar.

— De qualquer forma, é uma organização sofisticada com um alcance extenso.

— Sim. E não acredito que tenham sido os britânicos, nem os americanos. As consequências económicas de uma descoberta dessas seriam...

— Catastróficas? — sugere Eve.

— Sim. É isso mesmo.

— Então, e tem mais ideias sobre quem poderá ser responsável por isto?

— De momento, nem por isso, apesar de nunca podermos desconsiderar a ligação russa, especialmente se, como sugeriu, a mesma organização for responsável pela morte de Viktor Kedrin. Portanto, estamos a esforçar-nos muito para descobrir mais coisas sobre a mulher que encarregaram da tarefa. Sabemos que entrou no estabelecimento pelas escadas das traseiras, que dominou a profissional do sexo que se apelida de Enfermeira Wu, a qual não se lembra de nada além de o atacante ser uma mulher, e que depois eliminou o nosso amigo por envenenamento com monóxido de carbono.

— De certeza que foi essa a causa da morte? Poderia ter sido um acidente causado por essa tal enfermeira. Afinal, não tem as qualificações para administrar gás cirúrgico ou nada do género, seguramente.

— O único gás que ela administra aos seus «pacientes» é oxigénio puro. Testámos todos os reservatórios lá presentes. E acontece que, além de ser profissional do sexo em *part-time*, também é uma enfermeira verdadeira, que trabalha numa instituição médica privada em Pudong. Por isso, sabia o que estava a fazer. E os sintomas de envenenamento por monóxido de carbono são inconfundíveis.

— Lábios e pele vermelhos como cerejas?

— Exatamente. O patologista não teve nenhuma dúvida.

— Mas não havia sinal do tanque de monóxido de carbono nem de nenhum recipiente?

— Não, a assassina levou tudo com ela.

— E o que deixa esta senhora Wu tão segura de a atacante ser uma mulher?

— Lembra-se de sentir um peito de mulher contra as suas costas quando foi agarrada. E a mão que lhe tapou a boca era forte, disse ela, mas não era uma mão masculina.

— Ela tem a certeza?

— Toda. E há um homem que é dono de uma banca de comida na Dangfeng Road, em frente da saída das traseiras. Sabe para que serve o edifício, e que só homens saem por aquela porta. Por isso quando viu uma mulher, não a esqueceu.

— E lembra-se de qual era o aspeto dela?

— Não, disse que todos os ocidentais lhe parecem iguais. Lembra-se do boné de basebol, com a marca dos New York Yankees.

— A nossa assassina é excelente em se tornar invisível. Os materiais que lhe dei sobre o homicídio de Kedrin foram úteis?

— Muitíssimo. A minha equipa está muito grata, Sra. Polastri. Mostrámos as imagens da mulher no hotel a pessoas que trabalham em Dangfeng Road, e várias disseram que a teriam visto nesse dia.

— Mas ninguém tinha a certeza?

— Não. Infelizmente.

— São imagens com muito má qualidade. E não se lhe consegue ver a cara. Por isso, não estou surpreendida.

— Estamos muito gratos, ainda assim. E claro que estamos a conferir os vistos e a vigiar todos os postos fronteiriços. Estamos a pedir a colaboração das pessoas em todos os hotéis, discotecas e restaurantes que um estrangeiro possa visitar.

— Tenho a certeza de que estão a fazer todos os possíveis.

— Estamos, sim. — Jin sorri. — E agora, gostaria de dançar?

Com um martíni de pitaia na mão, Simon caminha até um dos poucos bancos não ocupados do Star Bar, aparentando estar forrados com tecido de pele de zebra. *Boss Ass Bitch*, de Nicki Minaj, sai aos altos berros das colunas ocultas, e o bar está a encher depressa. Simon veste umas calças de ganga Diesel e um casaco de algodão, e o guia da Lonely Planet que o ajudou a escolher o bar («um lugar popular entre os expatriados endinheirados») pesa-lhe no bolso direito.

Nunca o admitiria a Eve, e obviamente ela é a diretora da secção e está no território de Jin Qiang, mas não está exatamente satisfeito por ela ter desaparecido sem ele para uma noite de diversão com Jin. Não é como se ela não lhe fosse contar tudo o que discutiu com Jin quando regressar, mas teria sido simpático se ela tivesse, pelo menos, *sugerido* que ele os acompanhasse. Gosta muito de Eve, de forma exasperada e meio protetora (o estilo dela, oh, meu *Deus*), e não é, seguramente, um desses maldizentes tristes que não conseguem lidar com uma chefe mulher, mas às vezes ela consegue ser bastante insensível, apesar do seu inegável intelecto.

Sentando-se no banco de pele de zebra com uma indiferença que não sente, Simon bebe um grande gole da sua bebida. A decoração do Star Bar é absurda, mesmo para os padrões de Xangai. As paredes verde-esmeralda em pele de arraia estão cobertas de pinturas semipornográficas, a lareira é de mármore negro, e, pendurado do teto, brilha um candelabro ao estilo Fortuny. O efeito geral é absurdo, atrativo, vagamente satânico.

O martíni é extremamente forte, acariciando as papilas gustativas de Simon com notas açucaradas antes de encharcar o seu cerebelo de gim gelado Berry Bros. N.º 3. Semicerrando os olhos, sente-se envolto em sabor. Junípero, um toque de toranja, e aquela doçura *sexy* e sugestiva da pitaia. *Raios me partam*, murmura ele, enquanto o seu cérebro se obscurece de prazer. É delicioso. Em seu redor planam borguistas em roupas caras. Amigos, colegas de trabalho, amantes... Porque é que é sempre, *sempre* assim? Toda a gente se sente descontraída, divertindo-se com os seus salários excessivos, enquanto ele fica na periferia, de cara encostada ao vidro, invisível.

— Sozinho?

Inicialmente, Simon nem repara, não acreditando que a pergunta lhe fora endereçada a si. Depois, a figura esguia e de cabelos escuros ao seu lado aparece no seu campo de visão. Simon avalia os olhos marotos e virados para cima, o sorriso com covinha, os pequenos dentes afiados.

— Suponho que estou sozinho, sim.

— É novo por estas paragens, então. Acho que me lembrava se o tivesse visto aqui antes.

— Chamo-me Simon. Cheguei há alguns dias.

Simon olha para ela, maravilhado com o suave volume do peito no *top* curto lilás, os abdominais em forma, as calças apertadas e os sapatos bonitos, com faixas. Ela é, sem dúvida, a criatura mais bonita que ele alguma vez viu.

— Olá — diz ela. — Sou a Janie.

Jin Qiang é um dançarino soberbo. Perante as notas suaves e tiritantes de *Moon River*, conduz Eve numa valsa pela pista de dança, com uma mão pousada levemente sobre a dela, a outra sobre a pele desnuda das costas, para a guiar. Apesar do preço, Eve está satisfeita por ter comprado aquele vestido e os sapatos.

— Gostaria de ter vivido na década de 1930? — pergunta ela.

— Foi um período de grandes desigualdades. De grandes dificuldades para muitos.

— Eu sei. Mas foi também época de elegância e *glamour*.

— Conhece o cinema chinês, Sra. Polastri?

— Receio que não.

— Há um filme que adoro, filmado aqui em Xangai nessa década, chamado *The Goddess*. É um filme mudo, muito triste, interpretado pela bela e trágica atriz Ruan Lingyu. Demonstra grandes emoções através das suas expressões, dos seus movimentos.

— Parece maravilhoso.

— Suicidou-se aos 24 anos. Estava apaixonada, mas infeliz.

— Céus, que tragédia.

— De facto. Hoje, não acredito que muita gente em Xangai se suicidasse por amor. Estão todos demasiado ocupados a ganhar dinheiro.

— Parece-me um romântico, Sr. Jin.

— Ainda há alguns de nós por aí. Mas trabalhamos em segredo.

— Como espiões? — sugere Eve.

Ambos sorriem e *Moon River* termina. As luzes néon azul-geladas tremeluzem em volta do palco, e a cantora transita sem interrupção para a *Garota de Ipanema*.

— O foxtrot — diz ele. — O meu género favorito.

— Lamento que esteja a dançar comigo e com os meus dois pés esquerdos.

— Tem dois pés esquerdos? A sério?

— É uma expressão. Significa que sou um pouco desajeitada.

— É algo que nunca pensaria de si, Sra. Polastri.

Meia hora depois, estão montados de novo na mota, viajando por ruas iluminadas com néon. Eve está a divertir-se. Jin é um homem de muitos interesses. Comida de Hunan, o cinema primevo chinês e a música do *pós-punk*. A banda preferida dele, conta, são os Gang of Four.

— Com este nome, como é que eu lhes podia resistir?

Ao mesmo tempo, Eve reconhece que, apesar de todo o charme forçado que exibe à superfície, há em Jin Qiang uma certa dureza. Colocado numa posição difícil, este homem assumiria a opção mais dura, tomaria a decisão pragmática.

Interrompem o percurso no exterior de um estabelecimento pouco simpático numa rua lateral. Quando Jin abre a porta, golfadas de fumo oleoso cobrem-lhes os rostos. O lugar está apinhado e os níveis de ruído são ensurdecedores. Toda a gente parece estar aos berros, e há um barulho estridente e contínuo de *woks* e frigideiras proveniente da cozinha. À porta, Eve é empurrada sem cerimónias para fora do caminho por um cliente que está de saída. Pegando-lhe no braço, Jin condu-la até um pequeno balcão. Uma mulher pequenina e idosa com um avental engordurado aparece e encaminha-os para uma mesa coberta com plástico. Semicerrando os olhos ao encarar Eve, grita em mandarim para Jin.

— Está a dizer que sou um rapaz maroto — diz ele a Eve. — Acha que a engatei algures.

Ela ri-se.

— Vai ter me ajudar a decifrar a ementa.

Ele inspeciona os galhardetes presos às paredes.

— Que tal rã-touro em vinho de arroz?

No final, decidem-se por camarões picantes no espeto e costeletas com crosta de cominhos, acompanhadas por cerveja gelada. É delicioso, das melhores comidas que Eve alguma vez provou.

— Obrigada — diz ela, quando já não consegue mastigar mais nada. — Estava tudo fantástico.

— Não é mau — concorda ele. — E há privacidade.

Ela percebe o que ele quer dizer. Devido aos níveis de ruído, seria impossível colocar uma escuta ali.

— Tenho uma coisa para si — diz ele e, por baixo do tampo da mesa, deposita um envelope selado no colo dela.

Eve não se mexe nem fala.

— Estou a confiar-lhe a minha carreira, Sra. Polastri. Se estiver correta e se enfrentamos um inimigo comum — esta organização de que fala —, devíamos trabalhar em conjunto. Mas duvido que Pequim visse a coisa com os mesmos olhos, por isso…

— Eu compreendo — diz Eve calmamente. — E obrigada. Não o iremos desiludir.

Simon sabe imediatamente. Talvez pelas mãos de Janie. Há algo na forma das maçãs do rosto e da boca dela. Mas não importa. Está perdido.

Ela diz-lhe que trabalha numa agência de *babysitting*. Que vive num apartamento de um quarto em Jingan, perto do Art Theatre. Enquanto conversam, ela olha para ele. Nunca ninguém olhou assim para ele. O olhar fixo benevolente. Os grandes olhos castanhos fitando pacientemente os dele.

Houve uma rapariga na universidade, uma aluna de Literatura Inglesa, que tocava numa banda de uquelele. Ela e Simon dormiam juntos de vez em quando, mas ele nunca tinha muita certeza do que ela esperava dele, e a relação acabou por resultar numa amizade com que ambos se sentiam mais confortáveis. Perguntava-se, vagamente, se seria homossexual, e, no espírito da descoberta, permitiu-se ser seduzido pelo seu orientador, um medievalista com pendor para canto gregoriano e umas valentes palmadas. Isso também não funcionou, e Simon decidiu deixar passar a coisa do sexo e concentrar-se nos seus estudos. Terminou a universidade com um curso de primeira classe e com uma vaga sensação de desejo. Por quê ou por quem, não sabia.

Durante quase um ano, viveu em casa, celibatário e desempregado. Depois, um dia, quase como piada, um amigo enviou-lhe a hiperligação da página de recrutamento do MI5. Desde o primeiro dia que o mundo secreto lhe pareceu o seu verdadeiro lar.

Disse a Janie que estava em Xangai «em negócios», o que parece satisfazer a curiosidade dela. Pergunta-lhe de que gosta e de que não gosta. Sobre os filmes que ele viu, sobre vídeos *pop*, *boysbands*, celebridades, compras e moda. Em qualquer outra pessoa, esta visão do mundo tipo pastilha elástica seria irritante. Em Janie, é encantadora.

Dois martínis de pitaia depois (*Sprite* para ela, comoventemente), estão a dançar. O repertório é composto por *pop* comercial e Janie canta as letras de todas as canções. Simon não é lá grande dançarino, mas a pista de dança está demasiado apinhada para fazer mais do que abanar-se e acenar. O ritmo abranda, ele põe as mãos nas ancas dela, sentindo o seu movimento suave, inalando o cheiro das flores de jasmim pregadas ao cabelo preso. Inebriado, puxa-a para si e ela pousa a cabeça no ombro dele. Pelo casaco, que não se arrisca a despir por receio de que lho roubem, Simon sente a pressão firme do peito dela. Com o coração a bater intensamente, toca com os lábios nas mechas suaves de cabelo na têmpora dela. Pensa que ela não sente este movimento, mas de facto sente-o, e ela ergue o rosto, de lábios apartados.

Beijando-a, sentindo o tremer doce da língua dela, Simon experimenta uma leveza de ser tão intensa, que pondera se vai desmaiar. Ela move a boca pela bochecha dele, mordisca o lóbulo da orelha com os dentes aguçados.

— Nem sempre fui uma rapariga, sabes — sussurra ela.

Ele sabe. Consegue sentir a prova a inchar contra a coxa dele.

— Não faz mal, Janie — diz ele. — A sério, não faz mal.

* * *

De regresso ao Hotel Sea Bird, Eve bate à porta do quarto de Simon, mas ele ainda está na rua. E a divertir-se, espera ela. É um bom amigo e colega, mas precisa, definitivamente, de se libertar um bocadinho.

No seu quarto, Eve pega no envelope que Jin lhe entregou. Lá dentro há uma única página A4, que parece ser uma impressão de uma transferência de fundos entre dois bancos internacionais. Os bancos e os donos das contas estão identificados apenas por códigos numéricos. A soma em questão ultrapassa um pouco os 17 milhões de libras.

Eve fica a olhar para o papel por um momento, tentando adivinhar a sua importância, antes de o voltar a guardar no envelope e de o trancar na sua pasta. Jin vai regressar a Pequim amanhã. A investigação ao homicídio de Zhang Lei prosseguirá, mas ela não pode contribuir com muito mais. É hora de ela e Simon voltarem a Londres, relatarem o sucedido a Richard Edwards, e investigarem a pista que Jin lhe passou com tamanho risco para si mesmo. Eve precisa também, urgentemente, de corrigir as coisas com Niko. Será bom regressar a casa, mas parte dela sentirá saudades de Xangai e da sua estranheza luxuosa, da sua miríade de cheiros e cores. E parte dela, força-se a admitir, sentirá saudades de Jin Qiang.

Na cama, Eve revive a noite momento a momento, em particular a dança. A janela aberta deixa entrar uma brisa leve e, consigo, o cheiro forte de Suzhou Creek. Demora algum tempo a conseguir adormecer.

Oscilando entre o sonho e a vigília, Simon sente uma paz que nunca pensou ser possível. Ao lado dele, Janie vira-se e, ensonada, levanta os braços por cima da cabeça.

— Prometes que gostas de mim? — murmura ela. — Não só para o sexo? Truca-truca e depois adeusinho, Janie?

«Se gosto de ti?», quer ele dizer-lhe. «*Eu amo-te*. És tudo o que eu sempre quis. Largaria o meu trabalho, o meu país, tudo o que conheço e em que acredito, para partilhar uma vida contigo.» Mas não diz nada e, em vez disso, deposita beijos vagarosos na curva pálida do seio esquerdo dela. Janie observa-o por um momento e, depois, pestanejando, aperta os mamilos e recomeçam.

Algum tempo depois Simon acorda, e pelos olhos semicerrados vê-a andar em bicos de pés, nua e de ancas esguias, cabelo comprido a balançar-lhe pelos ombros. Quando ali o trouxe inicialmente, Simon sentiu-se tocado pela modéstia do lugar. O armário de gavetas barato e o toucador, as cortinas e a colcha cor-de-rosa como as da Barbie, o póster da Hello Kitty pendurado na parede. Tateia agora a roupa dele, passando os dedos por cima do casaco que ele pendurou na única cadeira existente. Uma mão magra desaparece, e instantes depois reaparece, segurando o telemóvel dele. Ela admira-o por alguns segundos e volta a guardá-lo. O ato sensibiliza Simon, que imagina que tal objeto está muito além do orçamento dela.

Depois, a grande velocidade, ela veste-se, pondo cuecas brancas, um par de calças e uma *T-shirt*, e forçando os pés a entrarem num par de ténis. Quando caminha em bicos dos pés até perto de Simon, ele finge estar a dormir. Ela inclina-se por um instante por cima dele, tão perto que ele consegue ouvir a respiração dela, e depois afasta-se silenciosamente. Abrindo os olhos, ele vê-a voltar a mergulhar a mão no bolso do casaco dele, tirar o telemóvel e sair apressadamente do quarto.

Simon fica ali por um momento, demasiado chocado para se mexer. Depois, salta da cama e levanta a persiana de rotim.

Consegue vislumbrar Janie de fugida sob um poste de iluminação de rua, a andar depressa, e depois desaparece.

Veste-se, morto de medo, e corre pela escadaria estreita até à rua. Choveu enquanto estavam na cama e o ar mudou com o cheiro das ruas molhadas. Simon não tarda a ficar sem fôlego e com dores nos pés, com a camisa húmida e cheia de suor.

Mas ela está ali à frente, pelo que se força a segui-la. Mas que raio? *Mas que raio?* Teria ele acabado de cair que nem um patinho no engodo mais velho que existe? Se Eve e Richard Edwards descobrem isto, qualquer detalhe, está acabado. Esqueçam a falta de profissionalismo pura e dura, a humilhação seria tremenda. Atraído e enganado por uma prostituta numa discoteca. Uma miúda com pila. Que figura de idiota ele vai fazer.

Existe uma única hipótese. Se ele conseguir apanhá-la e, de alguma forma, recuperar o telemóvel… Talvez, apenas talvez, Janie seja exatamente o que diz ser. Talvez ela simplesmente não conseguisse resistir a ganhar uns trocos ao roubar um telemóvel estrangeiro de alta tecnologia. Por favor, suplica ele, enquanto se desvia e traça a sua rota pelo meio das multidões, inspirando o ar lamacento da noite, *por favor* que seja esse o caso. Deixem-me voltar à Janie. Porque sabe que, por mais tempo que viva, nunca experimentará nada como a felicidade sonhadora dos seus membros entrelaçados.

As ruas são agora estreitas, e as multidões diminuem. Em vez de postes de luz, há agora aros de lâmpadas de baixa voltagem amarrados entre habitações semiconstruídas. Os rostos pouco curiosos olham por baixo dos toldos bambos e veem-no passar. Ainda há algumas bancas de comida abertas, alguns *woks* a crepitar sobre fogos de carvão, e Simon reduz a passada para evitar uma mesa raquítica que sustém uma taça de criaturas vivas e que estremecem.

Janie ainda está cerca de 37 metros à frente dele — Jesus, como caminha depressa — e agora estão perto de uma zona de novas construções. Blocos de edifícios habitacionais de tijolo cimentado, intersetados por uma rede de ruas não iluminadas. A área está praticamente deserta, e se ela se virar agora, vai vê-lo.

Escondendo-se nas sombras, Simon olha para o relógio. São quase 2h da madrugada. A tentação de chamar Janie é atroz, dominadora. Mas ele tem de descobrir a verdade.

À entrada de um desses edifícios, ela toca a uma campainha. Após, quiçá, meio minuto, uma figura aparece à luz e Simon reconhece imediatamente que o cenário é muitíssimo pior do que ele imaginara. O homem não é chinês. Parece russo ou do Leste Europeu e tem todo o ar de ser um operacional de inteligência durão. Mesmo à distância, ele emana uma autoridade impiedosa. Estou lixado, pensa Simon, quando Janie entrega ao homem o telemóvel que lhe fora atribuído pelo MI6. Estou absolutamente lixado.

Demasiado desiludido para sentir medo, Simon força-se a registar todos os pormenores da figura daquele homem. Há uma conversa breve e, depois, ele e Janie desaparecem juntos para dentro do edifício. Após um minuto, Simon aproxima-se cautelosamente da entrada, em busca de um nome ou de um número, que não parecem existir ali, mas está seguro de que conseguirá voltar a encontrar aquele lugar.

Considera, brevemente, contar a Eve que perdeu o telemóvel, que lhe foi roubado, e não mencionar sequer Janie. Mas sabe que não consegue mentir. Vai contar-lhe tudo e entregar a sua carta de demissão, com efeitos imediatos. Talvez ela a aceite e o mande de volta a Londres para aquilo que será, sem dúvida, um interrogatório altamente desagradável conduzido por Richard

Edwards. Talvez — e o seu coração bate triste perante esta perspetiva — decidam mantê-lo em jogo. Devolvê-lo a Janie para descobrir quem manda nela.

Está a 50 metros do edifício quando ouve chamar pelo seu nome.

Simon para, certo de que é um engano. Mas lá está o grito de novo, bem claro e alto, no ar húmido e quente. Será Janie? Como poderia ser? Tanto quanto ela sabe, ele está no apartamento dela a dormir.

— Simon, aqui.

A voz vem de uma rua sem iluminação à esquerda dele. De coração a bater intensamente, dá meia dúzia de passos inseguros, deteta movimentações na escuridão, sente o aroma incongruente de perfume francês no ar da noite.

— Quem está aí? — pergunta ele, com a voz a tremer.

Tem a impressão momentânea de ver uma figura a explodir das sombras e do arco giratório do *chukabocho*, e depois a lâmina de aço de carbono corta-lhe o pescoço com tanta força, que a cabeça dele é quase imediatamente decepada.

Levantando-se em bicos dos pés como um matador, de olhar demoníaco, Villanelle dá um passo para o lado, afastando-se da piscina preta de sangue que jorra do corpo caído. Os membros de Simon tremem, ouve-se um som borbulhante a vir do pescoço dele, e quando ele morre, Villanelle sente uma torrente tão intensa de sentimentos, tão gelada e dormente, que quase cai de joelhos. Fica ali acocorada por um bocado, com ondas de sensações a percorrerem-na. Então, puxando o *chukabocho* para o libertar do corpo morto e deitando-o num saco de plástico, seguido pelas suas luvas cirúrgicas ensanguentadas, caminha rapidamente para longe dali.

Dez minutos mais tarde, repara numa lambreta Kymco estacionada ao pé de um bloco de apartamentos. Desativando o fecho de ignição e ligando o motor, dirige-se a norte, viajando por ruas estreitas, até chegar a Nan Suzhou Lu, onde deita o saco de plástico no remoinho escuro da enseada. Está uma noite bonita — o céu púrpura, a cidade a brilhar em tons de dourado —, e Villanelle sente-se vibrante e arrebatadoramente viva. Matar o espião inglês restaurou algo nela. A ação contra Zhang Lei tivera as suas satisfações profissionais, mas o momento em si tivera pouco impacto. Matar Simon Mortimer marcava o regresso aos princípios-base. Uma morte violenta e artística. O *chukabocho*, pesado na sua mão, não era muito diferente do machete da Spetsnaz que o pai lhe ensinara a usar quando era adolescente. De difícil manejo inicialmente, mas um objeto letal quando corretamente utilizado.

A beleza de tudo aquilo é que não tinha escolha. Konstantin ordenara a Janie que garantisse que não era seguida até ao ponto de encontro, e que drogasse o inglês se necessário. Mas a putazinha tinha feito asneira e, depois de Simon Mortimer ver Konstantin, não podia continuar vivo. É assim que se vai defender, de qualquer forma. O homicídio vai quase de certeza ser atribuído às Tríades, cuja arma de crime tradicional é o cutelo. Polastri vai compreender perfeitamente a mensagem, mas, no entendimento geral — a imprensa, a polícia —, Simon Mortimer será apenas um turista que estava no lugar errado à hora errada.

Villanelle está prestes a dirigir-se a sul, até à French Concession, quando lhe ocorre um pensamento. Em poucos minutos, a mota para perto do edifício adjacente ao Hotel Sea Bird. O hotel não está iluminado, com exceção de um pequeno placar de néon em cima da entrada. Villanelle sabe qual é o quarto de Eve; o pessoal de vigilância de Konstantin tem-na visto entrar e sair desde a noite em que ela e Simon chegaram.

Silenciosamente, Villanelle escala a lateral do hotel, cujos canos antigos e varandas de ferro oferecem bons apoios de pés e mãos mesmo na quase escuridão, e entra, de pés, pela janela aberta do terceiro andar.

Durante quase dois minutos fica acocorada, imóvel. Depois, caminha sem fazer barulho até à cama.

As roupas de Eve foram penduradas numa cadeira, e Villanelle passa cuidadosamente as costas da mão pelo vestido de seda, levando-o depois ao seu rosto. Cheira, muito levemente, a perfume, transpiração e fumos de escape.

Eve está deitada com a boca ligeiramente aberta e um braço esticado por cima da almofada. Veste uma camisola da cor da pele, e, sem maquilhagem, parece inesperadamente vulnerável. Ajoelhando-se ao lado dela, Villanelle escuta o sussurro da sua respiração e inala o seu odor cálido. Observando o leve tremor da boca de Eve, Villanelle leva a ponta da língua ao seu lábio superior, que começou, muito discretamente, a latejar.

— A minha inimiga — murmura ela em russo, tocando no cabelo de Eve. — *Moy vrag*.

Quase como uma reflexão posterior, Villanelle revista o quarto. Há uma pasta trancada por um código amarrada à cama que decide deixar sossegada. Mas, na mesa de cabeceira, vê uma pulseira coberta de dourados e com pedras preciosas a toda a volta, muito bonita, que rouba.

— Obrigada — sussurra ela e, lançando um último olhar a Eve, desaparece silenciosamente pela janela.

Ao ir embora, ouve as sirenes distantes de uma ambulância e a gritaria dos carros da polícia. Contudo, para já, Eve nem se mexe.

* * *

Já passaram cinco semanas e o céu cinzento do meio-dia sobre a Estação de Investigação de Dever promete chuva. Estabelecido em 24 hectares nos arredores da aldeia de Bullington, em Hampshire, o antigo quartel do Corpo Logístico parece, no exterior, compreender pouco mais do que um conjunto de unidades de tijolo vermelho gastas e cabanas pré-fabricadas. Uma vedação de arame encimada por arame farpado e sinais que proíbem a captação de fotografias emprestam um aspeto hostil e lúgubre ao lugar.

Apesar do seu ar negligenciado, Dever é uma estação operacional, classificada como ativo secreto do governo. Entre outras funções, atua como base do Esquadrão E, uma unidade das Forças Especiais cujo papel é levar a cabo operações recusáveis, em cooperação com o Serviço Secreto de Inteligência.

Identificando-se na portaria, Richard Edwards estaciona o seu Mercedes Classe S de 30 anos numa área de asfalto rachado. Excetuando alguns oficias de segurança que estão a percorrer um circuito tranquilo em redor do perímetro, aquela área parece deserta. Passando pelo edifício administrativo principal, Richard entra num edifício baixo e sem janelas. Após descer até à pista de tiro subterrânea, encontra Eve a desmontar uma pistola Glock 19 sob o olhar atento de Calum Dennis, o armeiro da estação.

— Como nos estamos a portar? — pergunta ele, depois de o ferrolho, a mola de recuperação, o cano, a armação e o carregador estarem perfeitamente alinhados no tapete da arma.

— Estamos a chegar lá — diz Calum.

Eve fixa o olhar na pista de tiro.

— Posso voltar a experimentar aquele último exercício?

— Claro — responde Calum, entregando a Richard um par de abafadores de ruído.

— Quando quiser — diz Eve, pondo os seus próprios abafadores.

Calum introduz uma série de instruções no teclado de um computador, e quando clica «Enter», a pista fica na escuridão. Passam 15 segundos, durante os quais o único som que se ouve é o respirar dos ventiladores e os cliques metálicos produzidos enquanto Eve monta a arma. Depois, um alvo, um torso humano, é iluminado por breves instantes na ponta mais distante da pista e ela dispara dois tiros, o *flash* brilhando na escuridão. Aparecem mais quatro alvos estáticos e Eve dispara na direção de cada um deles. O último alvo movimenta-se de um lado ao outro e ela descarrega cinco balas em rápida sucessão.

— Bem… — diz Calum e sorri levemente, baixando um par de binóculos. — Acabaste com a tarde deste tipo.

Lá fora, uma hora depois, Eve acompanha Richard de volta ao carro. A chuva cai em pingas magras, que lhe obscurecem o cabelo.

— Não tem de fazer isto — diz-lhe Richard. — Segundo as regras, eu devia excluí-la da investigação. Encontrar-lhe uma posição oficial no Serviço.

— É demasiado tarde, Richard. Aquela mulher matou o Simon e quero apanhá-la por isso.

— Não sabe isso. O relatório da polícia disse que fora quase de certeza um assassinato executado pelas Tríades, e sabemos que aquela Janie Chou com quem ele se meteu tem ligações ao crime organizado.

— Richard, por favor, não me trate como uma idiota, as Tríades não esquartejam turistas. Aquela cabra matou o Simon, tal como matou o Kedrin e os restantes. Eu vi o corpo dele, ela quase o decapitou.

Ele destranca o Mercedes. Fica ali de pé por uns instantes, de cabeça inclinada.

— Prometa-me uma coisa, Eve. Que se a encontrar, não se aproxima dela. Que não se aproxima mesmo.

Ela desvia o olhar, sem expressão no rosto.

— Essa arma que insiste em trazer consigo. Não pense que umas aulas decentes na pista de tiro lhe dão o direito de correr riscos. Não dão.

— Richard, a razão pela qual passei os últimos dez dias em Dever é o facto de ela saber quem eu sou. Matar o Simon foi uma mensagem, endereçada a mim. Ela estava a dizer: posso apanhar-te e às pessoas de quem gostas, *a qualquer momento que eu queira...*

Eve dá uma palmadinha na Glock, que traz num coldre à cintura.

— Eu já vi o que ela consegue fazer e preciso de estar pronta, é tão simples quanto isso.

Ele abana a cabeça.

— Eu nunca a devia ter envolvido. Foi um grande erro.

— Bem, agora já estou envolvida. E a única forma de esta coisa terminar é se a encontrarmos e a matarmos. Por isso, por favor, deixe-me continuar a tentar.

Richard fica a vê-la caminhar de regresso à pista de tiro. Entra no Mercedes, liga a ignição e o limpa-para-brisa, e inicia o seu caminho de regresso a Londres.

4

Villanelle acorda num emaranhado quente de membros. Na ponta mais longínqua da cama, Anne-Laure está deitada de barriga para baixo, com o cabelo num remoinho cor de mel, um braço moreno esticado por cima do peito de Kim. Onde Anne-Laure é toda curvas de sonho, Kim mostra uma elegância de lince, mesmo adormecido. Os traços dele são esguios e refinados, refletindo os seus antepassados franco-vietnamitas, e os seus membros são da cor do marfim, com uma musculatura perfeitamente definida à luz da aurora.

Desenrolando-se, Villanelle caminha até à casa de banho e toma um duche. Ainda nua, vai até à pequena cozinha corrida, enche a cafeteira Bialetti com a mistura «Sur la Côte d'Azur» da Hédiard e liga a placa de vitrocerâmica. No fim da cozinha, uma porta de vidro de correr conduz a um pequeno terraço, e Villanelle sai para o exterior por um momento. Estamos em setembro, e Paris está radiante com a luz do final do verão. No horizonte vê-se uma neblina pálida, os pombos arrulham no telhado vizinho, e o murmúrio enfraquecido do trânsito chega-lhe da Rue de Vaugirard, seis andares abaixo dela.

Anne-Laure herdou aquele apartamento de um só quarto há cinco meses, e diz ao marido, Gilles, um funcionário sénior do Ministério das Finanças, que vai para ali «escrever» e «refletir». Se Gilles julga que isto é incaracterístico e suspeita que ela dá uma utilização mais ativa ao espaço, não o menciona, porque ele mesmo iniciou recentemente uma relação extraconjugal. A sua secretária, para ser mais precisa, uma mulher simples e sem estilo, com quem ele não pode ser visto socialmente, mas que, ao contrário de Anne-Laure, nunca o questiona nem critica.

Villanelle fica ali, a olhar para a cidade, até começar a ouvir o borbulhar do café. No quarto, Anne-Laure começa a mexer-se, com os dedos sonolentos a tatear de novo os contornos firmes do corpo de Kim. Ele tem 23 anos e é dançarino no Balé da Ópera de Paris. Anne-Laure e Villanelle tinham-no conhecido havia 12 horas numa festa dada por um designer de moda. Demoraram apenas três minutos a persuadi-lo a ir embora com elas.

Anne-Laure monta Kim, as mãos fixas contra as coxas musculadas dele, os olhos semicerrados. Pousando a bandeja do café numa mesa de apoio, Villanelle tira as roupas descartadas de cima de uma *chaise longue* e senta-se, como um gato, no brocado suave. Gosta de ver a amiga a fazer sexo, mas esta manhã há uma qualidade artificial no arfar, nos suspiros e na forma como Anne-Laure atira os cabelos. É uma representação, e pela expressão vazia e pelos movimentos ritmados das ancas, Villanelle compreende que Kim não está a acreditar.

Apanhando o olhar dele, Villanelle levanta os joelhos, abre as coxas e começa, muito devagar e deliberadamente, a masturbar-se. Anne-Laure está alheada desta atuação, mas Kim olha intensamente para o meio das pernas dela. Villanelle retribui-lhe o olhar, repara na expressão de angústia dele ao tentar conter-se e depois vê-o tremer, ao chegar ao clímax. Segundos depois, com um gemido lamentoso, Anne-Laure deixa-se cair em cima dele.

Na *chaise longue* Villanelle estica-se e lambe o dedo. O sexo, para ela, oferece uma satisfação física efémera. O que acha muito mais excitante é fitar os olhos de outra pessoa e saber, como uma cobra a movimentar-se ante a sua presa hipnotizada, que possui o controlo absoluto. Mas esse jogo também se torna aborrecido. As pessoas capitulam com demasiada facilidade.

— Alguém quer café? — pergunta ela.

Meia hora depois, Kim foi embora para a aula de balé na Ópera e Villanelle e Anne-Laure estão sentadas no terraço. Anne-Laure veste um quimono de seda, ao passo que Villanelle enverga calças de ganga de corte direito e uma camisola da Miu Miu, com o cabelo apanhado num puxo desgrenhado. Ambas estão descalças.

— Então, o Gilles ainda faz sexo contigo? — pergunta Villanelle.

— De vez em quando — responde Anne-Laure.

Tira um cigarro do maço ao lado dela e acende o seu isqueiro dourado Dunhill.

— Deve achar que se deixar de o fazer eu vou suspeitar de alguma coisa.

Ficam em silêncio. Em frente delas fica a paisagem de telhados do sexto *arrondissement*, tranquila sob a luz da manhã. É um luxo poder estar sentada num lugar assim, gastando a manhã com conversas inconsequentes, e ambas as mulheres o sabem. Seis andares abaixo delas, as pessoas correm até ao trabalho, debatem-se por um táxi, e apertam-se para caber nos autocarros e nas carruagens de metro. As necessidades financeiras de Anne-Laure e Villanelle são muito bem cuidadas, por isso são livres para se absterem daquela rotina diária. São livres para passear pelas lojas de roupa *vintage* no Marais, para almoçar no yam'Tcha ou no Le Cristal, e para ir ao Carita para que Tom lhes arranje o cabelo.

Em Londres, um céu plúmbeo promete chuva. No seu escritório em cima da estação de metro de Goodge Street, Eve Polastri puxa um maço de papel de impressão da fotocopiadora e reposiciona-o, mas a luz que indica a existência de papel encravado continua a piscar.

— Ora, vai-te lixar — resmunga ela, clicando no botão para desligar a máquina.

Eve está a utilizar uma fotocopiadora com 15 anos porque o *scanner* morreu e está agora desligado da tomada, no chão, onde mais cedo ou mais tarde ela vai tropeçar nele. Já fez um pedido para a compra de novos materiais de escritório, ou pelo menos um orçamento para reparações, e recebeu promessas vagas de Vauxhall Cross, mas dado o acordo bizantino sobre o qual assenta toda a operação, ela não tem grandes esperanças.

Hoje, Eve receberá dois colegas novos, ambos homens. Richard Edwards descreveu-os como «um par de tipos empreendedores», o que podia significar tudo e mais alguma coisa. Se tivesse de adivinhar, diria que é um par de desgraçados com problemas disciplinares que não se conseguiu adaptar ao mundo organizado e hierárquico do Serviço Secreto de Inteligência. Qualquer que fosse a história, é pouco provável que considerem Goodge Street uma promoção.

Eve olha para a secretária de metal gasta ocupada pelo assistente dela. Um pequeno conjunto de objetos pessoais — um termo, uma caneca da Kylie Minogue cheia de canetas, um globo de neve do *Frozen*, da Disney — permanecem como ele os deixou, intocados. Ao observar esta disposição poeirenta, Eve sente um cansaço profundo. Houve um período em que a missão dela era simples, e os seus propósitos eram claramente definidos. Agora, três meses após o homicídio de Simon, uma incerteza paralisante abate-se sobre ela. Os contornos da tarefa que deve levar a cabo, outrora tão bem delineados, dissolveram-se num borrão, tão indistinto quanto a paisagem que se pode observar pela janela cheia de fuligem do escritório.

Pergunta-se, vagamente, se deveria ter tomado mais cuidado com a sua aparência. Veste um casaco de fato de treino, um par de calças largas compradas no supermercado e ténis. Simon insistia sempre com ela para que tomasse melhor conta de si, mas tudo isso eram artifícios de vaidade — ir às compras, maquilhar-se, tratar do cabelo — que não eram naturais nela. Quando trabalhava no Joint Services Analysis Group, em Thames House, uma colega bem-intencionada levara-a durante uma tarde a um *spa*. Eve tentou aproveitar, mas sentiu-se extremamente entediada. Tudo aquilo parecia tão insignificante.

Uma das coisas que sempre adorou em Niko é que este tipo de coisa também não é de importância para ele. Ainda assim, ele fá-la sentir-se bonita e, às vezes, nos momentos triviais — quando ela se está a vestir, talvez, ou a sair do banho —, ela apanha-o a olhar para ela com uma doçura que lhe parte o coração.

Por quanto mais tempo olhará para ela assim, pergunta-se. Quão insensato terá de ser o comportamento dela para que ele um dia acorde e decida que não consegue continuar? Devem estar quase a chegar a esse ponto. Ela adquiriu o hábito de caminhar pelo apartamento em silêncio aos serões, com uma vodca tónica na mão, como um fantasma alcoólico. Mais tarde, na maioria das vezes, adormece em frente do computador. Homens assassinados perseguem-na em sonhos, e ela acorda a horas aleatórias, com o coração aos pulos de medo.

Lance Pope e Billy Primrose chegam às 10h e trocam olhares indecifráveis quando Eve se apresenta. Lance está na casa dos 40 anos e possui as feições esguias e desconfiadas de um arminho. Billy, arfando com dificuldade depois de subir as escadas, mal parece ter mais de 20 anos, com cabelo pintado de preto, pele sebosa e uma palidez de morte.

— Então é isto — murmura Lance.

Eve assente.

— Está muito longe dos confortos de Vauxhaull Cross, lamento.

— Passei a maior parte da minha carreira no terreno. Não sou muito picuinhas com as mobílias.

— Ainda bem.

— Pedi algum *hardware* — diz Billy, ainda a arfar. — Processadores externos, analisadores de lógica e protocolos. Equipamentos básicos.

— Boa sorte com isso. Fiz um pedido há seis semanas.

— O material chega esta tarde. Vou precisar de um bocadinho de espaço livre.

— Bem, está à vontade. — Eve tira os óculos e esfrega os olhos. — O que é que vocês sabem sobre a razão de estarem aqui?

— Quase nada — diz Lance. — Disseram-nos que nos havias de pôr ao corrente.

Eve volta a colocar os óculos e consegue ver os homens distintamente. Billy num preto gótico, Lance numa versão coçada de estilo desportivo casual. Acha ambos profundamente pouco cativantes, confirmando assim a impressão com que ficara ao ler os historiais deles.

Aos 17 anos, usando o nome de utilizador «$qeeky», uma referência à asma de que sofria desde a infância, Billy fazia parte de um grupo de piratas informáticos responsável por uma série de ataques bastante publicitados a websites empresariais e governamentais. O FBI e a Interpol acabaram por desmantelar o grupo, e os seus líderes foram sentenciados a penas de prisão, mas Billy, menor de idade, foi libertado com caução sob a condição de viver em casa, com um recolher obrigatório, e sem acesso à Internet. Em poucas semanas, foi recrutado pela equipa de Exploração de Segurança do MI6.

Lance é um agente de carreira do MI6, e um veterano de numerosas missões no estrangeiro. Apesar de ser um agente experiente, elogiado pelos diretores das estações onde serviu, há anos que não é promovido. O problema é a sua insolvência crónica, causada pela predileção por jogos de azar online. É divorciado e vive sozinho num T1 arrendado em Croydon.

— Estamos aqui para deter uma assassina profissional — diz-lhes Eve. — Não sabemos como se chama, de que país é originária nem possuímos informação relacionada com filiações políticas. Sabemos que é mulher, provavelmente entre os 25 e os 30 anos de idade, e que age em representação de uma organização com recursos incríveis e alcance global. Sabemos que conta com pelo menos seis homicídios famosos no seu currículo.

A chuva começa a bater na janela do escritório e ela puxa o fecho do fato de treino até ao queixo.

— Existem duas grandes razões pelas quais precisamos de apanhar esta mulher, além do facto de ela ser uma assassina em série que precisa de ser detida.

— Que não são da preocupação dos Serviços — diz Lance, quase para consigo.

— Que, em circunstâncias normais, não seriam preocupação nossa, mas neste caso são. Assumo que saibam quem era Viktor Kedrin?

Billy anui.

— Um maluco fascista, russo, assassinado em Londres no ano passado. — Coça a virilha distraidamente. — Não foi Moscovo que ordenou esse ataque?

— O SVR? Não, isso foi o que toda a gente concluiu. Na verdade, Kedrin e os seus guarda-costas foram alvejados pelo nosso alvo. Foi um trabalho brutalmente eficiente, que levou a cabo sozinha.

— Tens a certeza disso? — pergunta Lance.

— A cem por cento. E, valha o que valha, temos uma imagem dela, captada por uma câmara de vigilância.

Eve entrega a cada um dos homens uma impressão da figura desfocada vestida com a parca, de capuz na cabeça. A imagem foi captada de trás. Pode ser qualquer pessoa.

— É o melhor que temos? — questiona Lance.

Eve anui e entrega-lhes outra impressão.

— Mas ela poderá ser muito parecida com esta mulher. Lucy Drake.

Billy assobia baixinho.

— Está em forma, nesse caso.

— A Lucy Drake é modelo. A nossa assassina utilizou-a como dupla, para que ela fizesse *check-in* no hotel de Kedrin e se aproximasse dele na sala de comícios. Mas as semelhanças podem ser meramente superficiais.

— Pode estar a fazer trabalhos como *freelance* para Moscovo? — pergunta Billy. — A criminosa, quero dizer, não a modelo.

— É pouco provável, dado que o SVR possui toda uma direção treinada em assassínios. E porque o haviam de matar em Londres quando o podiam fazer em qualquer ocasião em solo nacional?

— Para dar nas vistas? — Billy encolhe os ombros. — Para mostrar que ninguém está além do alcance deles?

— É possível, mas a informação de que dispomos é que o Kremlin tolerava Viktor e os seus associados da extrema-direita com alguma satisfação; eles faziam o regime oficial parecer quase moderado. E o Kremlin não hesitou em usar esta morte contra nós. Exigiu uma investigação pormenorizada e deixou claro que, a nível diplomático, esperava que apanhássemos o assassino. Essa exigência passou por Richard Edwards e chegou aos meus ouvidos. Aos nossos ouvidos.

Lance pressiona os lábios.

— Então, quem era responsável pela proteção de Kedrin quando ele esteve aqui em Londres?

Eve enfrenta o olhar dele.

— Oficialmente, eu. Era a agente de ligação entre o MI5 e a Polícia Metropolitana.

Lance deixa que a resposta dela paire no ar. Por cima do barulho da chuva, Eve consegue ouvir a respiração asmática de Billy.

— Disseste que há uma segunda razão para querermos apanhar esta mulher.

— Ela matou Simon Mortimer, o agente que vocês vêm substituir. E sim, eu sei o que diz o relatório oficial dos Serviços, porque ajudei a escrevê-lo. Aquilo que aconteceu na realidade foi que ela o degolou, para me mandar uma mensagem.

— Merda — murmura Billy.

Levando a mão ao bolso das suas calças de campanha, Billy encontra a bomba de asma e toma duas inalações profundas.

— Ela degolou Simon — diz Lance, sem expressão. — Para te mandar uma mensagem.

— Sim. Ouviram-me bem. Por isso, pensem com cuidado antes de concordarem em se juntar a esta equipa.

Lance olha para ela por um instante.

— Que rumo é que no vês a seguir com tudo isto?

— Temos uma pista. O nome de um indivíduo que pode estar a ser pago pela organização que emprega o nosso alvo. É um bocado rebuscado, mas é tudo o que temos. Por isso, vamos seguir o rasto do dinheiro, seguimos o homem e talvez consigamos chegar à nossa assassina.

— Há alguma possibilidade de pedirmos emprestados os serviços de alguns agentes de vigilância da equipa A4, da Thames House?

— Nenhuma. Esta operação funciona num círculo fechado, e daqui não sai uma única palavra. Nem vocês terão mais nenhum contacto, social ou de outro tipo, com nenhum do pessoal dos Serviços de Segurança, de nenhum dos lados do rio. Se alguém verificar os vossos currículos, estes mostrarão que estão em destacamento temporário com o Departamento de Alfândega e Impostos. E repito, isto poderá ser perigoso. Tudo indica que o nosso alvo não só é extremamente bem treinado, como possui recursos imensos, além de ser uma sociopata narcisista que mata por prazer.

— Imagino que o salário seja uma porcaria — diz Lance.

— Vão ambos manter o salário atual, sim.

Os dois homens olham um para o outro. Depois, muito devagar, Billy acena positivamente, Lance abana os ombros, e pela primeira vez desde que ali entraram, Eve sente uma fagulha de propósito comum.

— Ora bem — diz Billy. — Conta lá mais sobre essa pista de que falaste.

Quando Villanelle corre, sente o corpo relaxar e entra num ritmo familiar. As costas e coxas dela ainda estão doridas da sessão de jiu-jítsu da tarde anterior no Club d'Arts Martiaux, em Montparnasse, mas ao terminar o circuito em redor do lago e a pista de corrida de Auteuil, as dores já passaram. A caminho de casa, vai buscar uma encomenda de *sushi* ao Comme des Poissons e uma cópia do jornal financeiro *Les Échos*.

De volta ao apartamento, toma um duche, passa um pente pelo cabelo loiro-escuro, e veste calças de ganga, uma *T-shirt* e um casaco de cabedal. Sentada na varanda, come o *sushi* à mão e lê o *Les Échos*. Quando chega ao último pedaço de atum, já leu o jornal todo e processou a informação de que necessita.

Olhando para a cidade, Villanelle verifica o telemóvel. Mas não tem mensagem alguma de Konstantin. Não há nenhum alvo novo. Ligando o rádio de ondas curtas da marca Grundig, como lhe é exigido que faça pelo menos duas vezes ao dia nos períodos entre ações, Villanelle insere um código de busca. Como de costume, demora um minuto ou dois a encontrar o número da estação, que tende a mudar de frequência em frequência. Hoje, está a emitir a 6840 kHz. Ouve-se uma crepitação leve, seguida pelas primeiras 15 notas de uma canção folclórica russa cujo nome Villanelle já soube, mas há muito esqueceu. A música é gerada por via eletrónica, com um som minúsculo que é simultaneamente triste e ligeiramente sinistro. As notas repetem-se durante dois minutos, e depois ouve-se uma voz feminina, distante, mas precisa, que começa a recitar um grupo numérico russo de cinco dígitos.

Este é um código de chamada que identifica o indivíduo a quem se destina a mensagem, e a voz repete três vezes estes números — «*Dva, pya', devyat', sem', devyat'...*» Dois, cinco, nove, sete, nove — até que Villanelle compreende que este número de chamada é o seu. O choque deixa-a momentaneamente sem fôlego. Uma chamada efetuada através do número de uma estação de rádio implica uma ação imediata. Há dois anos que ela sintoniza aquela estação sem nunca ter ouvido o seu número.

A chamada repete-se durante quatro minutos, depois seis toques de sinos anunciam a mensagem. Mais uma vez, esta consiste em grupos de cinco dígitos, cada um deles pronunciado duas vezes. Depois, ouvem-se de novo os sinos, e as notas de abertura de uma canção folclórica, seguida de um silvo que silencia tudo. Villanelle demora dez minutos a desencriptar a mensagem utilizando a chave de uso único que tem guardada, com uma SIG Sauer P226 automática e 10 000 € em notas de alta denominação, num cofre escondido. A mensagem diz:

17NORTHSTAR.

Voltando a trancar o cofre, Villanelle pega num boné de basebol, num par de óculos escuros e sai do apartamento. A localização número 17 é o heliporto de Issy-les-Moulineaux. Apanhando a circunvalação a tanta velocidade quanto a permitida pelo trânsito, mudando constantemente de faixa no Roadster prateado, chega ao destino em 15 minutos. No portão de entrada do estacionamento, dois homens com coletes refletores estão à espera. Têm um aspeto vagamente oficial, e quando Villanelle abranda, acabando por parar, um deles ergue um cartaz onde estão impressas as palavras North Star. Quando Villanelle acena, ele faz-lhe sinal para que saia do Audi e fica com as chaves; depois, o segundo homem acompanha-a por uma estrada lateral sem marcações até um retângulo de asfalto rodeado de armazéns. No ponto central, um helicóptero Airbus Hummingbird aguarda, com os rotores a girarem ociosamente.

Villanelle sobe e senta-se no banco ao lado do piloto, prende o cinto e pega num conjunto de auscultadores de comunicação cuja função é reduzir o barulho, posicionando-os sobre os ouvidos, por cima do boné. Não traz bagagem consigo, nem dinheiro, passaporte ou documentos identificativos.

— OK? — pergunta o piloto, cujos olhos estão invisíveis atrás dos óculos de sol espelhados.

Villanelle estica o polegar e o Hummingbird levanta voo, plana por momentos acima do asfalto e depois segue em direção a leste. Abaixo deles, por breves instantes, vê-se o brilho sinuoso do rio Sena, e a confusão do trânsito na Périphérique. Depois, a cidade desaparece de vista e ouve-se apenas o rugido do motor. Só agora é que Villanelle tem tempo para pensar na razão pela qual terá sido chamada através da estação de rádio. E por que razão não tem mensagem nenhuma de Konstantin.

Quando aterram no aeródromo de Annecy Mont Blanc, no sudeste de França, já é final de tarde, e, ali, uma única figura aguarda na pista. Há algo no cabelo cortado rente e no fato excessivamente apertado que diz a Villanelle que esta mulher é russa, previsão confirmada quando ela fala, encaminhando Villanelle na direção de um Peugeot empoeirado que está estacionado a

50 metros de distância. A mulher conduz com uma eficiência brusca, descrevendo um semicírculo rápido no aeródromo antes de estacionar com um guincho de travões num hangar ao lado de um jato da Learjet que exibe o símbolo da North Star.

— Entra — ordena ela, atirando com a porta do carro.

Villanelle sobe a bordo do Learjet, cujo interior é climatizado. Senta-se num banco forrado a couro azul-claro e prende o cinto. Seguindo-a, a mulher puxa as escadas e fecha a porta. Os motores ligam-se imediatamente. À janela, é possível ver o brilho do sol do final de tarde à medida que o jato abandona o hangar, e depois, com um rugido abafado, estão no ar.

— Qual é o nosso destino? — pergunta Villanelle, soltando o cinto.

A mulher devolve-lhe o olhar. Tem feições largas e maçãs do rosto altas, os seus olhos são da cor de uma ardósia. Há algo nela familiar.

— Leste — diz ela, abrindo a mala que tem aos pés. — Tenho os teus documentos.

Um passaporte, ucraniano, no nome de Angelika Pyatachenko. Uma carteira de cabedal gasta que contém uma carta de condução, cartões de crédito e um cartão de receção que a identifica como funcionária da empresa North Star. Recibos amarfanhados. Um maço de notas de rublo.

— E roupa. Por favor, troca-te já.

Um casaco que parece de cabedal, uma blusa de malha de angorá defeituosa e uma saia curta. Botins coçados. Roupa interior, muitas vezes lavada. Colãs baratos, novos, comprados numa loja grande de Kiev.

Consciente de que está a ser observada, Villanelle tira o boné e os óculos e começa a despir-se, dispondo a sua roupa em cima do banco de couro azul. Quando tira o sutiã, a outra mulher sobressalta-se.

— Merda. És mesmo tu. Oxana Vorontsova.

— Desculpa?

— No início não tinha certeza, mas...

Villanelle olha para ela sem expressão. Konstantin prometera-lhe que o corte com o passado seria absoluto. Que este tipo de coisa nunca aconteceria.

— De que é que estás a falar?

— Não te lembras de mim? Lara? De Ecaterimburgo?

Chiça, não pode ser. Mas é. Aquela rapariga da academia militar. Cortou o cabelo e está com um ar mais velho, mas é ela. Com um esforço supremo, Villanelle mantém uma expressão impassível.

— Quem é que achas que eu sou?

— Oxana, eu sei quem tu és. Estás diferente, mas és tu. Achei que tinha reconhecido a cicatriz do teu lábio e quando vi o sinal do teu peito tive a certeza. Não te lembras de mim?

Villanelle pondera a situação. A negação não vai funcionar.

— Lara — diz ela. — Lara Farmanyants.

Tinham-se conhecido, havia alguns anos, nos jogos universitários, quando tinham concorrido uma contra a outra na competição de tiro. Tornara-se evidente que bater Farmanyants, que representava a Academia Militar de Cazã, seria tarefa difícil, por isso, na noite antes da final, Oxana entrou no quarto da sua rival e, sem dizer palavra, despiu-se e enfiou-se na cama dela. A jovem cadete não demorou muito a recuperar da surpresa. Estava, tal como Oxana supusera, desesperada por sexo, e devolveu os beijos com a ânsia de um animal faminto. Mais tarde nessa noite, drogada por horas de cunilíngua fervente, Lara sussurrou a Oxana que a amava.

Foi nesse momento que Oxana soube que tinha ganho. Cedo na manhã seguinte, voltou ao seu quarto, e quando viu Lara na cantina, durante o pequeno-almoço, simplesmente a ignorou. Lara tentou abordá-la várias vezes durante a manhã, e de cada vez Oxana frustrava estas tentativas. Quando se posicionaram em fila para atirar aos alvos, as feições amplas de Lara demonstravam sofrimento e confusão. Tentou recompor-se para poder competir, mas a sua pontaria falhou e o melhor que conseguiu foi uma medalha de bronze. Oxana, atirando a direito e com exatidão, levou a medalha de ouro, e quando entrou no autocarro da equipa para regressar a Perm, Lara Farmanyants já fora eliminada dos seus pensamentos.

E agora, por uma coincidência maligna qualquer, aqui está ela de novo. Talvez não seja assim tão estranho que ela trabalhe para Konstantin. É uma atiradora soberba e é, provavelmente, demasiado inteligente para desperdiçar a sua carreira no Exército.

— Li num jornal que mataste uns mafiosos quaisquer — diz Lara. — E, mais tarde, um dos instrutores da academia disse-me que te tinhas enforcado na prisão. Ainda bem que essa parte não era verdade.

Consciente de que precisa de manter Lara do seu lado, Villanelle suaviza o olhar.

— Peço desculpa pela forma como te tratei em Ecaterimburgo.

— Fizeste o que tinhas de fazer para ganhar. E apesar de provavelmente não ter nenhum significado para ti, nunca esqueci aquela noite.

— A sério?

— A sério.

— Então, e quanto tempo é que demora este voo? — pergunta Villanelle.

— Talvez mais duas horas.

— E seremos interrompidas?

— O piloto recebeu ordens para não abandonar a cabina.

— Nesse caso... — Villanelle passa um dedo pela bochecha de Lara.

A luz está a desvanecer-se quando o Learjet aterra num pequeno aeródromo privado na periferia de Scherbanka, no sul da Ucrânia. Um vento frio varre a pista de aterragem, onde um BMW de alta segurança as aguarda. Lara conduz depressa, deixando o aeródromo pelo portão lateral, onde um guarda de uniforme as manda passar com um aceno. O destino delas, conta Lara, é Odessa. Durante uma hora, prosseguem sem percalços pela paisagem que escurece, mas à medida que se aproximam da cidade, deparam-se com trânsito. À frente delas, iluminadas pelas luzes da cidade, as nuvens são de um amarelo-sulfúreo.

— Eu não vou dizer nada sobre ti — diz Lara.

Villanelle inclina a cabeça contra a janela. Os primeiros salpicos de chuva escorrem pelo vidro blindado.

— Não te vai correr bem se abrires a boca. A Oxana Vorontsova está morta.

— Uma pena. Eu admirava-a.

— Tens de a esquecer.

Villanelle decide falar com Konstantin. Ele que trate de Lara. Preferencialmente, com uma bala de 9 mm enterrada na perfeição daquela nuca de cabelo tão bem cortado.

Ao regressar da China, com a ajuda de um investigador emprestado pelo departamento de Crimes Económicos da Cidade de Londres, Eve tentou perseguir a pista que Jin Qiang lhe dera: identificar quem fizera a transação bancária de 17 milhões de libras, e quem fora o beneficiário de tal movimento. A investigação não revelou a fonte dos fundos, mas levou-os através de uma rede intricada de empresas-fantasma até ao recetor do dinheiro, um investidor de capital de risco discreto chamado Tony Kent.

Uma investigação detalhada sobre a vida de Kent e os seus negócios revelou muito pouco, mas houve um facto que captou o interesse de Eve: Kent era membro de um sindicato exclusivo de pesca com mosca que detinha 805 metros de extensão do rio Itchen, em Hampshire. Não era fácil obter informação acerca deste sindicato, mas Richard Edwards conseguiu, após alguns interrogatórios discretos, fornecer a Eve uma lista dos membros. Esta não era longa; com efeito, continha apenas seis nomes: o de Tony Kent, o de dois gestores de fundos especulativos, o de um dos sócios de uma empresa de comércio de mercadorias muito famosa, o de um cirurgião cardiotorácico veterano e o de Dennis Cradle. Eve sabia exatamente quem era Dennis Cradle: era o diretor da Divisão D4 do MI5, responsável pelas iniciativas de contraespionagem contra a Rússia e a China.

Billy está acocorado na secretária de aço que costumava pertencer a Simon, a piratear a conta de *e-mail* de Dennis Cradle. O novo *hardware*, já montado e em funcionamento, solta um zumbido ténue. Lance está sentado numa cadeira de plástico em frente da janela, olhando para o trânsito em Tottenham Court Road. O seu contributo para a decoração do escritório foi a adição de um cabide, onde estão pendurados casacos e jaquetas que mais parecem um lote comprado numa loja de roupa em segunda mão. Indo contra todos os seus princípios, Eve deu-lhe permissão para fumar, pois o cheiro pungente dos cigarros de enrolar mascara outros odores mais desagradáveis.

— Comeste caril ontem à noite, Billy? — pergunta ela, desviando o olhar do ecrã do computador.

— Sim, madras de camarão. — Billy ajeita o rabo na cadeira. — Como é que sabias?

— Digamos que foi instinto. Como é que te estás a sair com essa palavra-passe?

— Estou quase lá, acho eu.

Os dedos dele dançam pelo teclado enquanto os olhos se fixam no ecrã.

— Oh! Que homem tão, tão tolo.

— Conseguiste entrar? — pergunta Lance.

— Absolutamente. Dennis Cradle, já te dominei.

— O que é que temos por aí? — pergunta Eve, com uma pequena centelha de entusiasmo dentro dela.

— Dados do servidor *cloud*. Tudo o que ele tem guardado no computador de casa, basicamente.

— Não parece ser muito seguro.

Billy encolhe os ombros.

— Deve pensar que, porque são equipamentos domésticos, não precisa de um sistema de autenticação extenso.

— Ou talvez não queira dar a impressão de ter alguma coisa a esconder. Talvez isto seja aquilo que devemos ver.

Cradle partilha uma conta com a esposa, Penny, uma advogada corporativa. Os *e-mails* deles estão guardados em pastas bem organizadas com títulos como Contas, Carros, Saúde, Seguros e Escolas. A caixa de entrada contém menos de 100 mensagens, que Billy copia e envia a Eve. Um exame preliminar revela pouca coisa de interesse.

— Isto mais parece um anúncio de estilo de vida — diz Eve, vendo as fotografias dos Cradles.

Quase todas as imagens são de atividades de família em férias. Estão a fazer esqui em Megève, a jogar ténis em Málaga, a navegar no Algarve. O próprio Cradle é um homem moreno e forte, com cerca de 50 anos, que claramente adora ser fotografado em roupa de desporto. A esposa, ainda bonita e bem arranjada, deverá ser uns cinco anos mais nova do que ele. Os filhos, Daniel e Bella, olham para a câmara com a prepotência birrenta de adolescentes que frequentam escolas privadas.

— Idiotas — diz Billy.

— Deem uma olhadela à casa onde residem, em Londres — diz Eve.

A imagem captada na rua mostra uma casa ao estilo georgiano de tijolo vermelho, afastada da estrada. Um alpendre com pilares está meio obscurecido pela magnólia em crescimento. O alarme contra roubo é visível ao lado da janela do rés do chão.

— Onde é que fica? — pergunta Lance.

— Em Muswell Hill. Vivem lá há seis anos. Custou-lhes 1,3 milhões de libras. Hoje, deve valer uns dois milhões, pelo menos.

— Seguramente, o Cradle não anda a fingir que pagou uma casa destas com o seu salário dos Serviços Secretos?

— Não. A mulher dele é a grande fonte de rendimento da família.

— Ainda assim, terão dificuldade em explicar os tais 17 milhões.

Eve encolhe os ombros.

— Duvido que tenham de o fazer. Assumindo que Tony Kent age na qualidade de intermediário financeiro da organização que perseguimos, imagino que esse dinheiro esteja escondido bem longe da vista do Departamento de Impostos.

— Então como é que sabemos que o dinheiro foi entregue a Cradle?

— Não sabemos com certeza. Mas Jin Qiang não me orientaria na direção de Kent se não soubesse que eu faria a ligação a Cradle. Eu fizera-lhe perguntas específicas sobre a possibilidade de os membros dos Serviços de Inteligência do Reino Unido estarem a receber pagamentos em larga escala de fontes desconhecidas. Esta foi a resposta de Jin. Acho que foi tão longe quanto achou que podia.

— Portanto — diz Lance —, vamos revirar a casa do Cradle?

Eve limpa as lentes dos óculos.

— Gostava muito, mas está bem guardada. Ele é um agente veterano do MI5. Metíamo-nos numa confusão do caraças se fôssemos apanhados.

— Imagino que não vamos optar pelo mandado de busca?

— Não. Nunca conseguiríamos um mandado, mesmo que explicássemos para que precisamos dele. O que não podemos fazer.

— Era só por curiosidade. — Lance inclina-se para a frente, na direção do ecrã. — Aquele alarme em cima da janela do primeiro andar parece-me falso, por isso devem ter um sistema convencional no interior. Infravermelhos, amortecedores de pressão…

— Achas que é exequível? — pergunta-lhe Eve.

Acende o isqueiro debaixo do seu cigarro de enrolar meio fumado.

— Tudo é exequível. A questão é a oportunidade. Consegues obter a agenda do tipo, Billy?

— Tenho a da Penny. Ele não parece manter uma agenda.

— Preciso de uma janela de oportunidade garantida de duas horas. O que é que eles nos podem oferecer?

— Que tal isto? — sugere Billy. — «Jantar com A e L, Mazeppa, 20h.»

Eve franze o sobrolho.

— Isso é hoje à noite.

— Eu consigo preparar-me para hoje. — Lance encolhe os ombros. — Vou cancelar o meu encontro com a Gigi Hadid.

— É demasiado em cima da hora. Temos de fazer um reconhecimento adequado. Não podemos simplesmente entrar por ali adentro. Que mais é que eles têm na agenda?

— Quanto ao Dennis não sei — diz Billy. — Mas a Penny não tem mais nada programado esta semana.

— Raios.

Eve procura o nome Mazeppa no telemóvel. É um restaurante com estrelas Michelin localizado em Dover Street, em Mayfair. Olha de modo indeciso para Lance.

— Eu podia ir dar uma vista de olhos à casa esta tarde — oferece ele. — Estaciono longe e fico sossegado. Assim que eles saírem ao final da tarde, nós entramos.

Eve concorda. Não é o cenário ideal. E não conhece as capacidades de Lance para arrombar casas. Mas Richard não lhe teria enviado um operacional inútil. E ela precisa de resultados.

— Está bem — diz ela.

Lara deixou Villanelle num café no mercado de aves de Odessa, no distrito Moldovanka. É um lugar sombrio, com luzes amareladas, pósteres de viagem gastos nas paredes, e uma lousa que anuncia os pratos do dia. Talvez metade das mesas esteja ocupada, sobretudo por homens sozinhos, e por um par de mulheres que poderão ser prostitutas, que se abastecem para o trabalho da noite com sopa *solyanka* e pastéis cozidos. De tempos a tempos, os homens olham de relance para Villanelle, mas quando se deparam com o olhar hostil dela, desviam o olhar.

Está ali à espera há 20 minutos, a beber uma chávena de chá e a passar os olhos por um exemplar do *Segodnya*, um tabloide escrito em russo, numa das cabinas na lateral da divisão. De quando em quando, observa a parte da frente do café, feita de vidro embaciado pela chuva, e as ruas mal iluminadas lá fora. Sente fome, mas não pede nada, caso tenha de sair dali.

Uma figura magra senta-se na cabina em frente dela. É alguém que já encontrou antes: o homem que falou com ela em Hyde Park no verão passado, e que a assustou.

E aqui está ele de novo. Vê bocados mal aparados de barba e um casaco de pele gasto substituiu o casaco feito por medida, mas a escuridão gelada dos olhos é a mesma. Quando se encontraram pela primeira vez, ele falou inglês, mas agora está a chamar a empregada de mesa idosa num russo fluente com sotaque moscovita.

— Tem fome? — pergunta ele, passando uma mão pelo cabelo húmido, devido à chuva.

Ela encolhe os ombros.

— *Borscht* e *pirozhki* para dois — pede ele e depois encosta-se no banco.

— Ora bem — diz Villanelle, de rosto impassível.

— Encontramo-nos de novo. — Ele faz um sorriso morto. — Peço desculpa por não me ter identificado em Londres. Não era a oportunidade certa.

— E agora é?

Ele olha para ela, a avaliá-la.

— Ficámos muito impressionados pela forma como resolveu a ação Kedrin. E agora temos perante nós uma situação que requer a sua ajuda.

— Estou a ver.

— Não está a ver, mas verá. O meu nome é Anton, e sou colega do homem que conhece como Konstantin.

— Continue.

— Konstantin foi raptado. Levado por um gangue mafioso com base aqui em Odessa.

Ela fica a olhar para ele, muda.

— E sim, temos a certeza. O gangue chama-se *Zoloty Bratstvo*, ou a Irmandade Dourada, e é encabeçado por um homem chamado Rinat Yevtukh. De acordo com a informação de que dispomos, Konstantin está detido numa casa bastante segura em Fontanka, a meia hora daqui. A casa é propriedade de Yevtukh. A intenção do gangue, aparentemente, é exigir um resgate.

A expressão dela mantém-se neutra, mas o medo pulula dentro de si com uma força nauseabunda. Isto é uma armadilha? Uma tentativa de a deixar em pânico para que revele quem e o que é?

— Vai ter de confiar em mim — diz ele. — Se eu fosse um elemento hostil, você já estaria morta.

Ela continua sem dizer nada. Mesmo que ele esteja a dizer a verdade, mesmo que Konstantin tenha sido raptado, ela está letalmente comprometida. Se eles — quem quer que «eles» sejam — conseguem chegar a Konstantin, com toda a sua prudência sinuosa, também conseguem chegar a ela.

— Conte-me — acaba ela por dizer.

— Está bem. Temos a certeza de que os raptores não sabem da ligação entre nós e Konstantin, ou que sequer existimos. Tanto quanto sabem, ele é um empresário de visita, cuja empresa pagará o resgate, como sempre. O que nos preocupa é que a organização de Yevtukh tem estado, há algum tempo, sob o controlo do SVR, o serviço secreto de inteligência russo. E o SVR sabe que nós existimos, tal como o MI6. Não sabem quem somos nem o que somos, mas sabem que existimos. Portanto, a questão é: organizaram este rapto com vista a interrogar Konstantin sobre nós? Não temos a certeza. Naturalmente temos os nossos agentes dentro do SVR, mas demorarão a descobrir o que se está realmente a passar. E nós não temos tempo.

Ele interrompe-se, pois as taças, as colheres e uma caçarola fumegante de *borscht* estão a ser dispostas na mesa, seguidas, momentos mais tarde, por um prato de *pirozhki* — pãezinhos recheados com carne picada. Enquanto a empregada se afasta, Anton serve a sopa de beterraba, espalhando nódoas roxo-escuras na blusa barata de Villanelle.

— O Konstantin é duro — continua ele. — Mas nem ele consegue resistir a um interrogatório do SVR.

Villanelle acena afirmativamente, batendo, distraída, com o guardanapo nas manchas da blusa.

— O que é que propõe, nesse caso?

— Vamos tirá-lo de lá.

— Vamos?

— Sim. Reuni uma equipa dos nossos melhores agentes.

Ela enfrenta o olhar dele.

— Eu não trabalho com outras pessoas.

— Agora trabalha.

— Eu é que decido isso.

Ele inclina-se na direção dela.

— Ouça, não temos tempo para estas tretas de mimada. Vai fazer o que lhe mandam. E há boa hipótese de conseguirmos todos sobreviver a isto.

Ela fica ali sentada, imóvel.

— Nunca participei numa operação de resgate.

— Ouça-me só, está bem? Tem um papel muito específico a desempenhar.

Ela ouve. Sabe que não tem escolha. Sabe que tudo o que ela é, tudo aquilo em que se tornou, depende do sucesso desta missão.

— Participo na ação com uma condição. Que eu não seja reconhecível. Não quero que mais ninguém na equipa veja a minha cara ou descubra o que quer que seja sobre mim.

— Não se preocupe, os restantes pensam da mesma forma. Vão usar máscaras integrais ao longo de toda a ação, e a comunicação será mantida nos mínimos operacionais. Depois, quando a missão estiver terminada, serão todos devolvidos, separadamente, aos vossos lugares de origem.

Ela anui. Há tanto naquele homem em que ela não confia e de que ela se retrai imediatamente. Mas, naquele momento, não consegue encontrar nenhuma falha no plano dele.

— Quando é que fazemos o resgate?

Ele perscruta o café e come uma colherada de sopa. A chuva bate com mais força na montra de vidro.

— Hoje à noite.

Niko não sobe o tom de voz, mas Eve consegue perceber que ele está transtornado. Vai receber dois colegas da escola onde trabalha para jantar, comprou um Pinot Noir chileno, e uma perna de borrego pequena, mas cara, está à espera numa travessa de levar ao forno, temperada com dentes de alho. As expectativas para a noite são de que Eve se arranje, ponha o perfume Saint Laurent que ele lhe ofereceu, os brincos mais bonitos que tem, e, quando os convidados forem embora, eles farão amor, meio ébrios, e as coisas, de uma forma ou de outra, ficarão bem de novo.

— Não acredito que isso — o que quer que *isso* seja — tenha mesmo de acontecer hoje à noite — diz ele. — Quero dizer, por Deus, Eve. A sério. Sabes que o Zbig e a Claudia vêm cá jantar há semanas.

— Desculpa — diz ela, consciente de que Billy está a ouvir cada palavra. — Não consigo mesmo ir esta noite. Nem posso discutir as razões numa linha aberta. Vais ter de lhes pedir desculpa por mim.

— Então e o que é que lhes vou dizer? Que vais trabalhar até tarde? Achei que isso tudo tinha terminado quando...

— Niko, por favor. Diz-lhes o que quiseres. Já conheces a situação.

— Não, na verdade não conheço, Eve. A sério que não. Eu tenho uma vida, caso não tenhas percebido, e estou a pedir-te, só desta vez, que faças uma coisa por mim. Por isso, arranja uma desculpa, faz o que tiveres de fazer, mas vem jantar a casa. Se não estiveres...

— Niko, eu —

— Não, ouve-me. Se não vieres, então teremos de pensar seriamente sobre se —

— Niko, é uma emergência. Há uma ameaça à vida, e recebi ordens para ficar.

Ouve-se o silêncio, com exceção da respiração dele.

— Desculpa, tenho de desligar.

Quando desliga a chamada, Eve cruza o olhar com Billy, que olha para outro lado. Fica ali por um momento, tonta de vergonha. Esta não foi a primeira vez que evitou a verdade com Niko, mas foi a primeira vez que lhe mentiu descaradamente.

E para quê? Billy e Lance podiam tratar desta situação perfeitamente sem ela. Na verdade, talvez fosse o que preferissem, mas algo no seu íntimo, algo selvagem e atávico, quer correr com a alcateia. Valerá a pena? Transformar a sua vida neste crepúsculo furtivo e testar o amor de um homem bom até à destruição? Irá chegar a algum lado ao perseguir a pista de Dennis Cradle, ou estará apenas a criar elos imaginários para se iludir e pensar que fez progressos?

Se não descobrirem nada que incrimine Cradle, ela tira uns dias. Corrige as coisas com Niko, se não for demasiado tarde. Todos os agentes de Thames House há mais tempo nos seus cargos diziam a mesma coisa: temos de ter uma vida fora daqui. Se não quisermos acabar sozinhos, temos de nos distanciar da embriaguez agitada do trabalho secreto. Tudo o que o trabalho nos oferece é uma série infindável de horizontes falsos. E nunca nos dá paz.

Pensar em Niko em casa sem ela, a pôr a mesa, a tirar os copos de vinho, a colocar cuidadosamente o borrego no forno, fá-la querer chorar. A tentação de lhe telefonar, para dizer que a situação está resolvida e que vai já para casa, é avassaladora. Mas não o faz.

— Tens namorada, Billy?

— Nem por isso. Converso com uma rapariga muitas vezes no *Sea of Souls*.

— O que é o *Sea of Souls*?

— Um jogo online de *role-playing*.

— Como é que ela se chama?

— O nome de utilizador dela é Ladyfang.

— Já a conheceste?

— Não. Estava a pensar insistir num encontro, mas o mais provável era ela ser uma mulher muita velha, ou um gajo, ou qualquer coisa assim.

— Isso é um bocadinho triste, não é?

Billy encolhe os ombros.

— Para ser honesto, não tenho tempo para uma namorada.

Segue-se um breve silêncio, interrompido pelo toque do telemóvel dele.

— É o Lance. Já estacionou, está a vigiar a casa. Não há sinal de ocupantes.

— Ainda não devem ter voltado do trabalho. E suspeito que devem ir os dois diretamente para o restaurante. Ele deve ir direto de Thames House. A empresa onde ela trabalha tem sede em Canary Wharf. Mas não podemos contar com isso. O nosso relógio começa a contar às 20h, quando se encontrarem para jantar no Mazeppa.

— Vou telefonar à minha mãe, para lhe dizer que não espere acordada.

A base de operações dianteira é uma quinta abandonada três quilómetros a noroeste de Fontanka. A equipa de assalto está reunida num anexo retangular que alberga um carro ZAZ enferrujado e um sortido de alfaias agrícolas cheias de lama. Holofotes temporários iluminam duas mesas compridas armadas em cavaletes e que sustentam mapas, plantas e um computador portátil. As caixas metálicas que contêm o armamento, munições e equipamentos estão empilhadas no chão. São 22h, hora local. Para lá da parede do pátio da quinta, com a sua silhueta a contrastar com o céu escuro, Villanelle consegue ver os rotores de um helicóptero militar Little Bird.

Além de Anton, há mais cinco elementos na equipa. Quatro atacantes, grupo a que pertence Villanelle, e um francoatirador. Todos eles vestem fatos-macacos pretos Nomex, proteções corporais e balaclavas apertadas. Villanelle não conhece as identidades dos restantes, mas Anton conduz o último *briefing* em inglês.

O edifício no qual Konstantin está detido, descobrem eles, faz parte de um terreno de quase três hectares. As fotografias mostram um palácio faustoso de três andares com pilares, balaustradas e um telhado de telha extremamente íngreme. Uma vedação em rede cerca toda a propriedade; a entrada faz-se por meio de um portão eletrónico vigiado. Para Villanelle, aquele lugar parece um bolo de casamento fortificado.

Os atacantes devem esperar luta. De acordo com as informações que recolheram através da vigilância, há um grupo de seguranças armado e permanente, composto por seis homens, junto da casa, dos quais três patrulham o exterior a qualquer momento. Dada a reputação de Yevtukh, e a probabilidade de a maioria dos guardas serem antigos militares, o mais provável é que montem resistência forte.

O plano de Anton é simples: um ataque cirúrgico de tal selvajaria e intensidade, que deixe os captores incapazes de gerarem uma resposta coordenada. Enquanto a equipa de assalto invade a casa, o francoatirador procurará oportunidades para eliminar alvos. A velocidade será essencial.

Villanelle olha em seu redor para os outros elementos encapuzados. Os fatos Nomex e as proteções corporais conferem a todos o mesmo perfil corpulento, mas o francoatirador tem a massa corporal de uma mulher. Reconhecer-se-ão apenas pelos nomes de chamada. Os atacantes são Alfa, Bravo, Charlie e Delta, e o francoatirador é Eco.

Terminado o *briefing* tático, o grupo de assalto vai até às caixas de armamento. Após alguma reflexão, Villanelle decide escolher uma metralhadora KRISS Vector, uma pistola Glock 21, com vários carregadores cheios de balas de .45 mm ACP, e uma faca de combate Gerber. Depois, de uma das mesas tira uma câmara de fibra ótica e um visor, e um capacete marcado com a letra do nome de código dela, Charlie. Pondo a câmara dentro de um bolso apertado, leva o capacete e sai para o exterior, para testar o intercomunicador e os óculos de visão noturna. Em redor dela surgem luzes ténues, à medida que os outros três atacantes testam tochas equipadas com armas e miras de *laser*.

Levantando o capacete, Villanelle observa-os. Há um tipo alto, o Delta, com mãos de pele escura, que leva ao ombro uma espingarda pesada de combate. Bravo é uma figura magra de estatura média, perfeitamente anónima, e Alfa é forte e compacto. Ambos levam metralhadoras Heckler & Koch de canos curtos e várias bandoleiras de munições. Todos, sem exceção, são homens, e ela está consciente de que eles a analisam também, de olhos inexpressivos por detrás das máscaras. A meia dúzia de passos de distância, o francoatirador, armado com uma espingarda Lobaev SVL e com uma mira de visão noturna, está a medir as direções dos ventos laterais com um velocímetro.

Dentro da casa, a equipa finaliza os procedimentos de comunicação e de contacto via rádio. As vozes dos outros são pouco reveladoras; todos falam inglês fluente, apesar de com sotaques diferentes. Alfa tem um toque da Europa de Leste, Bravo é, sem dúvida, da região sul dos EUA, e a língua materna de Delta é provavelmente árabe. Eco, a mulher, é russa. E é a estas criaturas sem rosto, reflete Villanelle, que devo confiar a minha vida. Raios partam.

Esticando os mapas e as plantas, Anton chama-os com um aceno.

— Muito bem. Última revisão, depois atacamos. Gostava que atacássemos a casa antes da aurora de amanhã, mas não nos podemos arriscar a deixar lá o refém durante muito tempo. Portanto, ouçam bem.

Enquanto ele fala, Villanelle está ciente de que o francoatirador, Eco, está atrás dela. Cruzam olhares e ela reconhece o tom cinzento-escuro dos olhos de Lara Farmanyants.

Mais uma vez, Villanelle sente o porte dela mudar. A Lara nua e deitada debaixo dela é uma coisa, a Lara a manejar uma arma de alta precisão é outra completamente diferente. Ela está ali só para eliminar os guardas, ou fará parte de um qualquer plano insondavelmente desleal de Anton?

As duas mulheres olham uma para a outra por um instante, impassíveis.

— Boa arma — diz Villanelle.

— É a minha preferida para este tipo de trabalho. Com um carregador de balas .408 Chey-Tac.

Lara toca no ferrolho silenciosamente suave da Lobaev.

— Hoje em dia não me deixo distrair tão facilmente dos meus alvos.

— Tenho a certeza que não. Boa caça.

Lara acena, e um minuto depois entra no SUV que a levará até à sua posição de disparo.

Os minutos passam lentamente. Villanelle ajusta os auscultadores do capacete e a haste do microfone, e aperta a presilha do queixo. Por fim, um sinal dado por Eco informa Anton de que ela está em posição e pronta. Anton acena aos quatro atacantes e eles começam a mover-se pelo pátio da quinta obscurecido até ao Little Bird preto-mate. O piloto está à espera no habitáculo não iluminado e prepara a aeronave para descolar à medida que o grupo de assalto assume os respetivos lugares nas plataformas de fuselagem exteriores. Sentada na plataforma a estibordo, com a KRISS Vector pendurada por cima do peito, Villanelle aperta o arnês que a segurará. Ao lado dela, Delta leva a espingarda pousada em cima dos joelhos. Ele semicerra os olhos e trocam acenos cautelosos.

Ouvem um rugido abafado quando o motor do Little Bird se liga, seguido do vum-vum-vum dos rotores a acelerar. O helicóptero treme, Delta estica um punho coberto com a luva, e Villanelle choca o seu punho no dele. Por agora, o que quer que o futuro traga, são uma equipa, e Villanelle força-se a esquecer momentaneamente as suas apreensões. O Little Bird ergue-se alguns metros no ar e plana. Depois, o chão afasta-se e eles sobem no céu noturno.

O helicóptero aproxima-se da casa no sentido contrário ao do vento, depois faz uma curva rápida, passando por cima da vedação de rede, começando depois a dançar no ar, um metro acima do solo a este da entrada principal. Libertando os arneses, os atacantes saltam, de armas erguidas, e segundos depois o Little Bird eleva-se e desaparece na escuridão.

Enquanto correm em busca de cobertura na lateral da casa, a luz de projetores de segurança de alta intensidade inunda a área de um branco ofuscante. Duas figuras correm na direção deles ao longo da entrada. Ouve-se um estalido húmido, depois outro, e ambos os homens estão no chão. Um deles contorce-se como um inseto pisado, e o outro fica imóvel, praticamente decapitado pela bala silenciada de .408 mm disparada pela francoatiradora.

— Excelente tiro, Eco — murmura Bravo, cujo sotaque sulista arrastado soa agudo nos ouvidos de Villanelle.

Com uma série de tiros bem direcionados, começa a eliminar os projetores de luz LED montados no relvado e na frente do edifício. Alfa corre para o canto traseiro do edifício para executar a mesma operação ali. Villanelle observa e espera. Abafados pelo sistema de supressão dc som dos capacetes, os tiros soam distantes e irreais.

Já só havia iluminação na parede mais distante da casa, pelo que a parte mais a oeste do terreno está livre. Villanelle arrisca uma olhadela em redor do canto do edifício e sente o ar ondular quando uma bala passa ao lado da cara dela. O atirador deve ter errado a posição, porque Villanelle ouve, mais uma vez, a bordoada carnuda da bala disparada pela francoatiradora a atingir o seu alvo. Nos auscultadores, a voz de Lara soa calma.

— Eco para todos os jogadores, podem invadir. Repito, podem invadir o terreno.

O que se segue é resultado de movimentos e sentido de oportunidade perfeitos. Alfa corre até à grande porta da frente, cola explosivos à mesma e volta a juntar-se aos outros. A porta da frente rebenta com um bum ensurdecedor, mas isto é apenas uma distração. O verdadeiro assalto ocorrerá por uma pequena porta lateral, a qual Delta faz saltar das dobradiças com tiros de espingarda. Os atacantes entram na casa pelas cozinhas desertas.

Há uma coreografia formal dedicada à libertação de espaço numa casa. É um processo independente que não pode nem deve ser interrompido. A equipa avança de divisão em divisão, com cada membro destacado para determinado quadrante: olham, verificam que não está ninguém, avançam. Villanelle conhece bem esta dança, tendo treinado cada um destes passos na casa de homicídios das instalações de treino da Força Delta em Fort Bragg. Os instrutores conheciam-na como Sylvie Dazat, em destacamento do GIGN, o Grupo de Intervenção da Gendarmaria Nacional de França, e na sua avaliação final tinham-na descrito como uma aluna de aprendizagem extremamente rápida, com capacidades instintivas para a utilização da arma, mas com uma personalidade tão antissocial, que a eliminaria de qualquer trabalho em grupo. O comportamento hostil dela fora deliberado. Os homens esquecem-se propositadamente das mulheres que não os impressionam; Konstantin ensinara-lhe isso. E ninguém em Fort Bragg se recorda de Sylvie Dazat.

Estão agora numa antecâmara, cheia de mobília demasiado acolchoada. Na parede está um quadro de Mickael Jackson a acariciar um chimpanzé. De algum ponto da casa provém o bater abafado de pés no chão. Um segurança aparece, erguendo uma espingarda, e Villanelle deixa-o prostrado com uma explosão de três balas da KRISS Vector. O corpo balança por momentos, de olhos vazios, e cai de cara no chão. Quando ela atira mais duas vezes sobre a nuca dele, espalhando sangue na alcatifa volumosa, Bravo atira uma granada de atordoamento pela porta, em direção à parte principal da casa.

Uma onda de som passa por Villanelle, irrompendo pelo capacete dentro, e Alfa e Bravo passam por ela a correr. Quando ela e Delta os seguem, saltando por cima do corpo do segurança, os ouvidos dela apitam. Estão num *hall* excessivamente grande, que está cheio de uma camada de fumo libertada pela granada. Durante alguns segundos, o espaço parece estar desocupado, depois surge uma fuzilada de tiros de metralhadora e os atacantes baixam-se para se protegerem.

Villanelle e Delta estão acocorados atrás de um grande sofá Chesterfield forrado com calfe turquesa. Atrás deles fica a entrada principal, agora aberta, com a porta pesada a balançar ainda presa pelas dobradiças. À sua esquerda, num plinto de mármore, está uma estátua em tamanho real de uma bailarina que só enverga uma tanga. Uma explosão de tiros varre o sofá, cravando-se nas almofadas. Se ficarmos aqui, pensa Villanelle, morremos. E eu não quero mesmo nada, nada morrer aqui, entre este mobiliário tão feio que devia ser crime.

Delta aponta para um espelho de moldura dourada que reflete a ponta mais distante do *hall*. Nele, uma figura aparece ao lado de uma secretária grande e ornamentada. Agindo como um só, Villanelle e Delta levantam-se de cada um dos lados do sofá. Enquanto ela dispara tiros de cobertura, ele rebenta a secretária com a espingarda. As lascas de madeira voam por todos os lados e um corpo cai pesadamente ao chão. Quatro eliminados. Detetam movimento no canto oposto e o cano de uma espingarda aparece por cima de um cadeirão de cabedal branco. Bravo dispara uma rajada sobre o cadeirão, e um jato de sangue cobre o papel de parede em padrão de zebra. Cinco.

Escondendo-se atrás do sofá, Villanelle muda os carregadores e corre até às escadas. O último raptor, imagina ela, estará à espera no primeiro andar.

Ela sobe as escadas devagar e nivela os olhos cautelosamente com o primeiro andar. Uma figura aparece na porta mais próxima, Villanelle dispara e a cabeça dela é atirada para trás com tanta força, que, por um momento, tem a certeza de que foi baleada. Cai para junto de um sofá, com os ouvidos a zumbir, e é tranquilizada por uma mão que pousa sobre o seu ombro. Pontinhos de luz circulam à frente dos seus olhos.

— Estás bem? — pergunta uma voz familiar.

Villanelle acena afirmativamente, demasiado surpreendida para se perguntar por que razão Lara está ali, e leva uma mão ao capacete. Há um sulco profundo no plástico; um centímetro mais abaixo e teria sido atingida no crânio.

— Vocês dispararam os dois ao mesmo tempo — diz Lara. — E felizmente para ti, ele atirou demasiado para cima.

O sexto guarda está deitado de costas junto da entrada. O som rugoso e de sucção da respiração dele indica um tiro no pulmão. Villanelle cobre Lara, que corre até ao guarda, com uma pistola automática na mão.

— Onde está o refém? — pergunta ela em russo.

O guarda olha para cima.

— No andar de cima?

O homem acena levemente.

— Há alguém a guardá-lo?

Os olhos dele tremem e fecham-se.

A resposta é um balbuciar indistinto. Lara aproxima-se mais, mas só consegue ouvir o barulho de sucção do peito dele. Erguendo a arma, dispara um tiro atingindo-o entre os olhos.

— O que estás a fazer aqui? — pergunta Villanelle.

— O mesmo que tu.

— O plano não era esse.

— O plano mudou. Sou o teu apoio.

Villanelle hesita por instantes, depois engole as suspeitas e conduz Lara pelos últimos degraus. Lá no topo, de frente para ela, há uma porta. Extraindo a câmara de fibra ótica, Villanelle insere o cabo flexível de 1 mm por cima da alcatifa e por baixo da porta. A minúscula lente olho de peixe mostra uma sala muito bem iluminada, com um único ocupante amarrado a uma cadeira.

Silenciosamente, Villanelle tenta abrir a porta. Está trancada. Uma bala disparada pela KRISS Vector rebenta com o cilindro, Villanelle pontapeia a porta para a abrir e ela e Lara irrompem pela sala.

Juntas, dirigem-se ao corpo amarrado à cadeira. Há um saco de tecido preto por cima da cabeça dele, duro devido ao sangue seco. Por baixo dele, a cara de Konstantin está amassada. Foi amordaçado e respira com dificuldade pelo nariz partido.

Enquanto Lara tira a mordaça, Villanelle saca da faca de combate e corta as braçadeiras de plástico que o prendiam à cadeira. Ele deixa-se cair para um lado, com a cabeça ferida e ensanguentada atirada para trás, mexe os dedos inchados e inspira, para levar ar aos pulmões.

— Eu sei no que estás a pensar — diz Lara a Villanelle. — Estás a pensar que nunca estarás segura enquanto eu estiver viva, porque eu sei quem tu és. Estás a pensar em matar-me.

— Este seria o momento perfeito — concorda Villanelle.

— Poderás também compreender que isso me coloca na mesma posição. Eu nunca estarei segura enquanto *tu* estiveres viva.

— Verdade, mais uma vez.

— Oxana? Lara? — Konstantin sussurra com os lábios escuros de sangue seco. — São vocês, não são?

Ambas as mulheres se viram para ele. Nenhuma tira a respetiva balaclava.

— Nunca lhes contei nada. Sabem disso, não sabem?

— Eu sei — diz Villanelle.

Olha de relance para Lara, repara na indiferença enganadora da sua postura, e na tensão que exerce com o dedo indicador sobre a trava do gatilho da sua pistola automática.

Os olhos de Konstantin dirigem-se a Lara.

— Ouvi o que disseram. Não têm razões para se temerem uma à outra.

Lara semicerra os olhos, mas não fala.

Villanelle ajoelha-se, para que o seu rosto esteja ao mesmo nível do de Konstantin, e para que o seu corpo esteja protegido das balas de Lara pelo dele. Levando a mão às costas, pega na Glock, que está presa no coldre.

— Há uma coisa que me disseste uma vez — diz ela a Konstantin — que nunca esquecerei.

— O que foi?

— Não confies em ninguém — diz ela e, encostando o cano da pistola às costelas dele, aperta o gatilho.

Conseguir acesso à casa da família Cradle é um momento de anticlímax. Depois de desativar o alarme contra roubo com um bloqueador de sinal, Lance entra na casa, e dá acesso a Billy pela porta da frente, com um conjunto de chaves mestras. De forma muito prestável, os Cradles deixaram as luzes de casa acesas, para desencorajar eventuais intrusos.

Eve conduz para longe dali, dá a volta pelo quarteirão e estaciona debaixo de um candeeiro de rua a cinquenta metros de distância. Sentada no banco do passageiro, no escuro, ela está quase invisível, mas consegue ver os peões e o trânsito que se desloca em ambos os sentidos. Conhece os Cradles. Viu Dennis vezes suficientes em Thames House e encontrou Penny algumas vezes nas festas um tanto ou quanto lúgubres que o Serviço se sente obrigado a organizar todos os anos em dezembro. Sente-se confiante em como será capaz de os identificar.

Instruiu Lance e Bill a irem diretamente ao escritório para que se concentrassem nos computadores. Mandou-os descarregar todas as informações existentes em todos os discos que encontrassem, e copiar quaisquer documentos que pudessem achar relevantes com *scanners* portáteis a *laser*. Ambos parecem ser ladrões experientes; presumivelmente, era a isto que Richard Edwards se referia quando os descreveu como «empreendedores».

Eve está sentada no carro e o seu estado de espírito vagueia entre a ansiedade profunda e o aborrecimento. Após aquilo que lhe pareceu um interlúdio perigosamente demorado, vê Billy deambular pelo passeio até ela.

— Estamos praticamente despachados — diz ele, e entra para os bancos traseiros. — O Lance quer saber se gostavas de dar uma olhadela.

Confiança, diz Eve para consigo mesma. Caminha com um ar digno, toca à campainha e entra pela porta principal. Lance deixa-a entrar e entrega-lhe um par de luvas cirúrgicas. O *hall* é estreito, com chão de ladrilhos e acabamento de madeira branca. À esquerda há uma sala de estar, e a cozinha fica para lá das escadas. Eve sente o coração aos pulos. Há algo profundamente chocante em invadir propriedade alheia desta forma.

— Queres umas torradas e Earl Grey? — pergunta Lance.

— Não brinques, estou esfomeada — diz Eve, tranquilizando a voz. — O que temos?

— Por aqui.

O escritório de Dennis Cradle é uma divisão pequena, arrumada e algo presunçosa, com prateleiras e estantes embutidas, uma secretária da mesma madeira clara e uma cadeira de escritório ergonómica. Sobre o tampo da mesa, descansa um computador portátil de ar poderoso com um monitor de 24 polegadas.

— Presumo que o Billy tenha esventrado esse portátil — diz Eve.

— Se há ali alguma coisa, nós copiámos. Além disso, encontrámos um disco externo e várias *pens* dentro das gavetas.

— Há algum cofre?

— Aqui não. Pode haver algum noutra parte da casa, mas mesmo que o encontrássemos, duvido que tivéssemos tempo para descobrir o código antes de termos de voltar.

Eve abana a cabeça.

— Não, se há alguma coisa de que precisamos, terá de estar aqui. Duvido muito que ele partilhasse o tipo de informação que procuramos com a mulher.

— É um fulano sensato — murmura Lance.

Eve ignora o comentário.

— Portanto, olhando em redor, o que é que vês?

— Um fulano controlador. E bastante satisfeito consigo mesmo, diria.

As fotografias, montadas num grupo na parede por cima da secretária, mostram Cradle com amigos no refeitório da universidade, a dar um aperto de mão a um general do Exército americano, a apanhar um salmão num rio no meio das montanhas, a posar com a família durante as férias. As prateleiras armazenam uma mistura de *thrillers* que foram êxitos de vendas, memórias de políticos e títulos relacionados com segurança e questões de Inteligência.

O telemóvel de Lance vibra.

— É o Billy. Os Cradles estão lá fora. Estão a sair de um táxi. Temos de ir.

— Merda. *Merda.*

Lance mexe-se rápida e silenciosamente. Eve segue-o, com o coração a bater com tanta força que acha que vai vomitar. Na cozinha, Lance abre a porta que dá para o jardim, apressa Eve e fecha silenciosamente a porta nas suas costas. Estão a pisar terreno mole, uma espécie de relvado. *Merda.* Porque é que os Cradles voltaram tão cedo?

— Caminha até à viela — ordena Lance.

Coberta de arbustos, esta viela vai dar à estrada principal. Eve lança uma perna desajeitada por cima da vedação baixa, sente espinhos a arranharem-lhe a roupa. Desesperada, dá um puxão para se libertar e Lance segue-a.

— OK, deita-te no chão.

Ele põe uma mão entre as omoplatas dela. O chão é duro, irregular e está molhado.

— As luzes — silva ela, debatendo-se para controlar a respiração. — Deixámos a porra das luzes acesas.

— Já estavam acesas quando entrámos. Relaxa.

Barulhos de zanga chegam-lhes da cozinha. As portas dos armários a bater. Utensílios a esbarrar contra superfícies duras.

— Quando eu disser, corre até à rua — murmura Lance.

— De que é que estamos à espera?

— Do Dennis. Ainda está em frente da casa, a pagar o táxi.

Eve deseja que Penny fique na cozinha. Não fica. Eve ouve a porta que dá para o jardim a abrir-se, um polegar a acender um isqueiro. Momentos depois, cheira-lhe a fumo de tabaco. Penny está a meia dúzia de metros de distância. Rígida devido ao medo de ser descoberta, Eve mal se atreve a respirar.

Ouvem o som ligeiro da porta da frente a fechar-se e uma voz masculina. Eve encolhe-se mais contra o chão. Tem a cara a centímetros do sapato de Lance.

— Olha, desculpa, está bem? — Era a voz masculina, que agora estava muito mais próxima. — Mas eu honestamente não compreendo…

— Não compreendes? Bem, para começar, seu *merdas* condescendente, *nunca* me mandes acalmar em frente dos nossos amigos.

— Penny, por favor. Não grites.

— Grito tão alto quanto me apetecer.

— Está bem, mas no jardim não, pode ser? Temos vizinhos.

— Que se lixem os vizinhos. — A voz dela diminui de volume. — E que te lixes tu também.

Há um silêncio breve, depois algo salta por cima da vedação e aterra no cabelo de Eve com um sibilo tórrido. A porta da cozinha fecha-se, Eve agarra-se ao cigarro meio fumado, que derrete a luva de látex e lhe queima os dedos, até que o solta.

— Vai — sussurra Lance.

Estremecendo de dor, Eve segue-o pela ruela até à estrada. Ninguém parece estar a observá-los quando entram no carro, mas ela fica satisfeita por terem chapas de matrícula falsas.

— Que cheiro é esse? — pergunta Billy, pressionando a embraiagem.

— O meu cabelo — diz Eve, puxando a luva meio queimada.

— Bolas! Nem vou perguntar. Imagino que vamos todos para Goodge Street?

— Billy, não temos de rever estes materiais todos esta noite — diz Eve.

— Talvez, mas façamo-lo na mesma. Só há porcaria na televisão.

— Lance?

— Sim, tanto faz.

— Gostam de piza? — pergunta Billy. — Passámos por uma pizaria em Archway Road.

É quase meia-noite quando Eve telefona a Niko. Ele está em casa e os dois professores que foram lá jantar ainda lá estão.

— Niko, ouve, peço desculpa por hoje à noite, eu recompenso-te, mas preciso de te pedir uma coisa. Uma coisa importante.

Niko resmunga, sem se comprometer.

— Preciso da tua ajuda. Podes vir ao escritório?

— Agora?

— Sim, tem de ser agora.

— Jesus, Eve. — Ele faz uma pausa. — O que é que faço com o Zbig e com a Claudia?

Ela pondera a questão.

— Quão bons são eles?

— O que é que queres dizer com bons?

— Com coisas de informática. Protocolos de segurança. *Hacking*.

— São pessoas muito inteligentes. Mas, de momento, estão bêbedos.

— Confias neles?

— Sim, confio neles. — Niko soa cansado, resignado.

— Niko, desculpa. Não te volto a pedir mais nada.

— Vais pedir, sim. Diz-me de que precisas.

— Chama um táxi e vem cá ter. Venham todos.

— Eve, estás a esquecer-te. Não sei onde é que estás. Já não sei onde fica nada.

— Niko…

— Diz-me, está bem?

Quando ela pousa o telefone, os outros dois estão a olhar para ela. As mãos de Billy repousam, imóveis, sobre o teclado.

— De certeza que isto é boa ideia? — pergunta Lance.

Eve enfrenta o olhar dele.

— Estamos a passar revista a todos os ficheiros existentes no disco externo e nas *pens*, e a tudo o que descarregámos do disco rígido do computador dele, e está tudo nos conformes. Temos só um ficheiro que está bloqueado, e receio que, se não o descodificarmos, tudo o que fizemos hoje não vai contar para nada. Dennis Cradle é da velha guarda do MI5. Não é perito em tecnologia, mas sabe como criar uma palavra-passe complexa. O ataque de força bruta do Billy não está a resultar. Precisamos de mais cabeças a trabalhar nisto, e tenho carta branca do Richard para recorrer a consultores externos se necessário.

— Quem são estas pessoas, então? — pergunta Lance.

— O meu marido é polaco e é antigo campeão de xadrez. Ensina matemática, mas é um pirata informático de mão-cheia. Zbigniew é um amigo dele, professor de Clássicas, e Claudia é a namorada dele. É psicóloga educacional. São pessoas inteligentes.

— Então e segredos oficiais?

— Estamos só a pedir-lhes que nos ajudem a descobrir uma palavra-passe. Nada mais. Não vamos falar em nomes, nem dar-lhes contexto, nem mostrar-lhes o que encontrarmos nesse ficheiro.

Lance encolhe os ombros.

— Cá por mim não me importo.

— Billy?

— Sim. Tudo bem.

— Portanto, ter-me-ias matado? — pergunta Villanelle.

— Eram as minhas ordens — diz Lara. — Se não matasses o Konstantin, eu deveria matar-te a ti e depois matá-lo a ele. Estava comprometido.

— Ele não lhes teria dito nada.

— Tu sabes disso, eu sei disso. Mas não é teoricamente impossível, por isso ele tinha de morrer, e tu tinhas de o matar, sendo que eu era o teu apoio. É assim que eles operam, os nossos empregadores.

— Não respondeste à minha pergunta. Ter-me-ias matado?

— Sim.

Estão deitadas, nuas, na cama articulada do Learjet. Cheiram a suor, sexo e a resíduos de pólvora. Dentro de 40 minutos aterram no Aeroporto de Vnukovo, a sudoeste de Moscovo. Lara vai abandonar o voo e Villanelle continuará até Paris através dos aeródromos de Annecy Mont Blanc e de Issy-les-Moulineaux. Não vai haver nenhum registo oficial da entrada dela em França, tal como não houve da sua saída.

Massaja o pescoço de Lara. Sente o cabelo curto pontiagudo.

— Foste excelente hoje à noite. Aquele disparo à cabeça a correr foi perfeito.

— Obrigada.

— Quase o decapitaste.

— Eu sei. Aquela Lobaev é um sonho.

Devagar, prende o lábio superior de Villanelle com os dentes e explora-o com a língua.

— Adoro a tua cicatriz. Como é que a fizeste?

— Não interessa.

— Quero saber — diz Lara, levando a mão ao espaço entre as pernas de Villanelle. — Conta-me.

Villanelle começa a responder, mas, sentindo o movimento escorregadio dos dedos de Lara dentro dela, arqueia as costas e geme, enquanto a pulsação do seu corpo se torna una com o ruído dos motores do Learjet. Imagina a aeronave a voar noite fora e as florestas russas sombrias abaixo dela. Pegando a outra mão de Lara com a sua, chupa o dedo indicador dela. Sabe a metal e a enxofre, como a morte.

Eve encontra-se com Niko e com os amigos dele à entrada da estação de metro de Goodge Street. Niko põe uma mão sobre o braço dela, um gesto duro e consciente, e ela consegue cheirar o brande de ameixa no hálito dele. Zbig está louco, como um urso, visivelmente embriagado, e Claudia permanece glacial, evitando os olhos de Eve. Olhando para eles, Eve sente o seu otimismo desaparecer.

No escritório, Lance fez chá e, notando a expressão de Claudia, saiu à rua para fumar. A temperatura está a diminuir. Eve arranja cadeiras para todos.

— Então, como é que vos podemos ajudar? — pergunta Claudia, de rosto impassível, as mãos agarradas ao colarinho do casaco.

Eve olha para os rostos ali reunidos.

— Precisamos de decifrar uma palavra-passe.

Niko olha para Billy.

— Caso de vida ou morte, se bem entendo.

— Poderíamos dizer que sim.

— O que é que já experimentaram?

— De momento, uma série de ataques com dicionários. Se não resultar, vou experimentar uma tabela do arco-íris. Mas vai demorar.

— E tempo é coisa que não temos — diz Eve.

Claudia franze o sobrolho, ainda agarrada ao colarinho do casaco.

— O que é que sabem sobre o detentor da palavra-passe?

— Algumas coisas.

— Acham que podíamos adivinhar a palavra-passe?

— Acho que podíamos pelo menos tentar.

Claudia olha para Zbig, que encolhe os ombros e sopra o vapor do chá.

— Contem-nos lá coisas sobre o tipo — diz Niko.

— Inteligente, de meia-idade, bem-educado... — começa Eve. — Versado em computadores, mas não um especialista. No trabalho, deverá ter pessoal a tomar conta de questões como a segurança do computador e da rede. Mas o ficheiro que precisamos de descodificar estava escondido no computador pessoal dele, por isso, provavelmente, foi ele mesmo quem o bloqueou com uma palavra-passe.

— Estava muito bem escondido? — pergunta Claudia.

— Billy?

— Está num ficheiro executável em formato .bat. Não é exatamente básico.

— O meu instinto sobre este homem — diz Eve — é que ele se considera inteligente o bastante para criar uma palavra-passe impossível de descodificar. Ter-se-á informado sobre assuntos como a entropia da informação...

— Como o quê? — pergunta Zbig.

Niko esfrega os olhos.

— A força das palavras-passe é medida em *bits* de entropia, que representam um logaritmo de base 2 do número de tentativas que seriam necessárias para a descodificar.

Zbig fica a olhar fixamente para ele.

— Desculpa... *como*?

— Não precisas de saber isto tudo — diz Claudia. — O que a Eve quer dizer é que o nosso alvo é suficientemente inteligente para saber que uma palavra-passe tem de ser obscura, longa e que teria de incorporar diferentes tipos de carácter.

— É um tipo arrogante — diz Eve. — Não será uma palavra-passe aleatória. Terá significado para ele. Algo que acha que nunca ninguém adivinhará. E eu aposto que há uma pista exposta à vista de todos no escritório dele, razão pela qual o Billy fotografou tudo o que estava na secretária, nas paredes e na estante de livros. Só temos de ser mais espertos do que ele.

Lance reaparece a cheirar a tabaco, e Billy espalha as impressões em A4. Há uma fotografia da secretária, na qual vemos o computador de Cradle, o telefone fixo, um candeeiro articulado Anglepoise, um rádio digital e binóculos, assim como bustos em miniatura de Mao Tsé-tung e de Lenine.

— Comunista *kitsch* — murmura Niko. — Imbecil.

As fotografias das estantes mostram cópias de *Hamlet*, de Shakespeare, de *O Príncipe*, de Maquiavel, e de *Grande Outra Vez*, de Donald Trump, *thrillers* políticos da autoria de John le Carré e Charles Cumming, livros de memórias de David Petraeus e de Geri Halliwell, e duas prateleiras de títulos relacionados com Inteligência.

As outras fotografias são imagens da parede do escritório. Os alunos na cantina da universidade, Cradle a dar um aperto de mão a um general de quatro estrelas do Exército americano, as fotografias da pesca ao salmão e as imagens das férias em família.

— Lembrem-se — diz Eve, enquanto volta a encher a chaleira para fazer mais chá —, a palavra ou expressão que procuramos pode ter até 30 caracteres. Pensem em citações. Tipos que frequentaram colégios privados como Cradle adoram citações; são uma forma de demonstrarem a riqueza das suas leituras.

Passa uma hora, pontuada por momentos de conversa especulativa, saraivadas de toques sobre teclas e o grunhido do trânsito noturno em Tottenham Court Road. Lance vai à rua fumar de novo. Passa uma segunda hora. As ressacas começam a bater, os rostos adquirem expressões de derrota, e Zbig resmunga em polaco.

— O que é que ele disse? — pergunta Eve a Niko.

— Disse que isto é tão divertido como fornicar um ouriço-cacheiro.

— Certo, bem, vamos fazer uma pausa e ver em que ponto estamos. — Eve levanta-se e olha para os outros. — Podemos resumir as vossas melhores ideias até agora? Dispomos de três tentativas para desbloquear o ficheiro antes de o sistema ir abaixo, por isso antes de tentarmos uma precisamos de ter a certeza de que é uma boa hipótese. Niko, queres falar primeiro?

— Tudo bem. A minha melhor ideia é baseada em «Methinks it is like a weasel».

— Não compreendo — diz Eve.

— É uma citação — explica Niko. — De *Hamlet*. Há uma cópia da peça na estante.

— E então?

— O Programa Weasel é também o nome de uma experiência matemática levada a cabo por Richard Dawkins. Baseia-se na teoria de que, tendo tempo suficiente, um macaco que bata em teclas ao acaso numa máquina de escrever poderá produzir as obras completas de Shakespeare. Dawkins diz que, mesmo que só peguemos na frase «Methinks it is like a weasel», e com um teclado limitado a 26 letras e uma barra de espaços, um computador de alta velocidade demoraria mais tempo do que a vida do universo a gerar a expressão corretamente, uma vez que há...

— Vinte e sete ao expoente de vinte e oito combinações possíveis — diz Billy.

— Exatamente.

— Será que o nosso alvo sabe sobre esta coisa da Weasel? — pergunta Claudia.

— Não há razão para não saber — diz Eve. — E *Hamlet* é definitivamente um elemento estranho naquela estante. Mais alguma coisa, Niko?

Ele abana a cabeça.

— *Scream If You Wanna Go Faster*? — sugere Claudia.

— Isso não é do *Hamlet* — diz Zbig.

— Que tipo divertido. Não, é do segundo álbum de Geri Halliwell. Comprei-o quando tinha 16 anos. Costumava cantar *It's Raining Men* com a escova de cabelo na mão em frente do espelho da casa de banho.

— Zbig?

— E que tal *O Amante Ingénuo e Sentimental*... é um dos títulos do John le Carré.

— É uma boa aposta — diz Eve. — Consigo imaginar o nosso homem a usar isso. Mais ideias?

— Nenhuma delas me agrada — confessa Billy.

— Por algum motivo particular? — pergunta Claudia, fechando os olhos e inclinando a cabeça.

— Soam-me erradas — diz Billy.

— Achas que não vale a pena experimentar nenhuma delas? — pergunta Eve. — Sob qualquer forma?

Billy encolhe os ombros.

— Não quando só temos três tentativas até o sistema bloquear. Ainda não chegámos lá.

— Lance?

— Se o Billy diz que ainda não chegámos lá, temos de continuar a procurar.

— Desculpem — resmunga Eve. — Devem sentir-se exaustos.

Claudia e Zbig olham um para o outro, mas nenhum fala.

— Essas impressões — diz Niko. — Baralha-as e depois volta a dispô-las.

Eve cumpre o pedido, e ficam a olhar para as páginas A4 em silêncio. Passa um minuto, depois outro. Então, ao mesmo tempo, como se fosse por telepatia, tanto Claudia como Niko põem os respetivos dedos indicadores na mesma página. É uma fotografia de Penny Cradle com os seus filhos, Daniel e Bella, numa praça vasta em frente de um edifício antigo e com pilares. Penny sorri fixamente, e os miúdos estão ocupados a comer gelados. No canto inferior direito da fotografia alguém, presumivelmente Cradle, escreveu «Estrelas!».

— O que é? — pergunta Eve.

— Não é o quê. É «porquê?» — responde Claudia, e Niko sorri.

— Não vos estou a acompanhar.

— Porquê esta foto? — diz Niko. — Todas as outras são fotografias exibicionistas, escolhidas para provar como este tipo é importante e bem-sucedido. Os conhecidos famosos, as férias caras, a pesca do salmão, e tudo mais. Mas esta aqui... não sei. A mulher tem um ar tenso, os miúdos estão aborrecidos. Porque é que ele lhes chama estrelas? Porque é que a fotografia está ali?

Aproximam-se mais.

— Esperem lá — diz Zbig, com voz lenta. — Esperem o raio de um minuto...

— Conta-nos — pede Eve.

— Essa praça fica em Roma, e o edifício atrás deles é o Panteão. Não dá para ver, mas há uma inscrição esculpida na fachada do edifício. *Marcus Agrippa, Lucii filius, consul tertium fecit.* Marco Agripa, filho de Lúcio, construiu este edifício quando foi nomeado cônsul pela terceira vez.

— E então?

— Esperem até ver como se escreve. Billy, podes pesquisar «inscrição do Panteão» e imprimir uma imagem?

Eve pega na folha quando esta sai da impressora a *laser*. Abaixo do frontão triangular do edifício, a inscrição é bastante legível:

M·AGRIPPA·L·F·COS·TERTIVM·FECIT

— Isto já parece uma palavra-passe — diz Claudia.

Eve concorda.

— Billy?

— Gosto. Belíssima entropia de alto nível.

— Vamos experimentar.

Ouve-se um chorrilho de toques no teclado.

Acesso negado.

— Experimenta só as letras sem os espaços — sugere Eve.

Billy assim faz e, desta vez, Niko vira costas e Zbig pragueja em polaco.

Eve fita o ecrã com olhos exaustos. Volta a olhar para a impressão A4, para a praça irradiada pela luz do sol e para a família, e algo encaixa, tranquila e perfeitamente, no devido lugar.

— Billy, na primeira tentativa, usaste letras maiúsculas e pontos finais, correto?

Ele acena afirmativamente.

— Mas se olhares para a inscrição, aquilo não são pontos finais. São símbolos que marcam os finais das palavras, para que a inscrição seja legível.

— Hum… OK.

— Experimenta de novo, mas onde puseste os pontos finais põe estrelas.

— Tens a certeza?

— Faz lá isso — diz Eve.

Mais um turbilhão de batidas no teclado e depois silêncio.

— Jesus Cristo, olhem só para isto — arqueja Billy. — Entrámos.

Na casa de moda na Rue du Faubourg Saint-Honoré, a antecipação cresce. Tal como todos os desfiles de alta-costura alguma vez realizados, este está atrasado. Ninguém é tão inconveniente a ponto de revelar verdadeira excitação, mas há uma certa expectativa nos risos abafados, nos olhares de relance e nos toques delicados de unhas arranjadas em ecrãs de iPhones. Villanelle fecha os olhos por instantes, esquecendo a multidão em seu redor — as *socialites* excessivamente arranjadas para as câmaras da imprensa, os profissionais de moda vestidos de preto —, e inspira o perfume capitoso da riqueza. A fragrância de lírios, fúcsias e tuberosas dispostos em ambos os lados da passarela e, misturado com ela, o cheiro de perfumes de marca — Guerlain, Patou, Annick Goutal — sobre a pele quente. E como nota final, o odor mais forte de suor que empresta um brilho ténue às testas de uma plateia que tem estado à espera, em cadeiras demasiado pequenas, há mais de 40 minutos.

Distraída, Villanelle estica a mão e pega num *macaron* com sabor a pétalas de rosa Ladurée de uma caixa pousada no colo de Anne-Laure. Quando fecha os dentes sobre a casca exterior do doce, as luzes diminuem, o ribombar brilhante de uma *cantata* de Scarlatti enche o ar, e a primeira modelo aparece na passarela, envergando um casaco de seda comprido de um amarelo-açafrão. É uma visão, mas Villanelle não a vê realmente.

O que aconteceria, pergunta-se, se Lara Farmanyants anunciasse que Oxana Vorontsova está viva? Alguém acreditaria nela, ou quereria sequer saber? Quem era Oxana Vorontsova, afinal?

Uma aluna doida que matou três gângsteres num bar de Perm e que depois, supostamente, se suicidou na prisão. Nada de novo, há muito esquecido. A Rússia é um manicómio por estes dias, e as pessoas estão constantemente a ser mortas. Porque falaria Lara? A quem é que ela contaria?

Na passarela, fatos imaculadamente concebidos dão lugar a *tops* bordados e saias de balé feitas de tule de um cor-de-rosa-sujo. Anne-Laure suspira em aprovação, e Villanelle tira outro *macaron* da caixa, desta vez com sabor ao chá de Maria Antonieta.

A questão não é a quem ela poderia contar ou quem se importaria com tal. A questão é que, se um único elemento da lenda de Villanelle ameaça vir à superfície — se houver uma ponta solta sequer —, então ela se torna num risco para os Doze. E se isso acontecer, ela está morta. O que a leva de volta à necessidade de matar Lara. Mas conseguiria escapar? Os Doze têm gente por todos os lados. Ela poderia confessar estes pensamentos a Anton, mas não confia completamente nele, e ele até podia decidir que seria ela, e não Lara, quem precisava de ser eliminada. Além disso, tem de admitir que se sente estimulada por Lara, com o seu olhar penetrante de francoatiradora e um corpo trabalhado e eficiente. Sente-se excitada pela pungência desta sua necessidade.

Uma sarabanda de Handel. Vestidos de *cocktail* em cinzento--prata, enrolados como pétalas de flor por abrir em redor dos corpos esguios das modelos. Vestidos de noite em azul-escuro, bordados com galáxias de estrelas de diamante.

Matar Konstantin fora mau. A súbita vacuidade por trás dos olhos dele. Será que Anton a tinha feito voar meio mundo para que ela o matasse por alguma consideração perversa? Ou para demonstrar a Villanelle a realidade brutal da sua situação?

O que é mais preocupante é o facto de a crise em Odessa ter sequer surgido. Isto revela que, apesar de a organização que a emprega ser mais do que capaz de resolver os seus problemas, é também suscetível ao erro. Konstantin sempre a levara a crer que, ao trabalhar para os Doze, ele e ela faziam parte de algo que era invisível e invulnerável. Este episódio mostrava que, não obstante todo o seu poder e alcance, a organização podia ser atingida. Apesar do calor do salão, Villanelle sente um arrepio.

A luz suaviza-se. O desfile progrediu para o quarto, uma paisagem de sonho para o final, em que as modelos se balançam e ziguezagueiam, vestidas com delicadas camisolas, camisas de noite transparentes e vestidos de organza brilhantes. A estilista entra na passarela, atira beijos ao público, e é recebida com aplausos. As modelos retiram-se e os empregados começam a circular com bandejas.

— Viste alguma coisa do desfile? — pergunta Anne-Laure, passando-lhe uma *flûte* de champanhe Cristal cor-de-rosa. — Parecias estar a milhas.

— Desculpa — murmura Villanelle, fechando os olhos enquanto o vinho gelado lhe escorre pela garganta abaixo. — Estou exausta. Não tenho dormido muito.

— Não me digas que queres ir para casa, *chérie*. Temos a noite toda por nossa conta, a começar pela festa nos bastidores. E há dois homens muito atraentes ali daquele lado, a olhar para nós.

Villanelle inspira o ar perfumado. O champanhe provocou-lhe um formigueiro no corpo. A exaustão desaparece e, com ela, para já, as dúvidas e medos das últimas 24 horas.

— Está bem — diz ela. — Vamos divertir-nos.

* * *

— Portanto — diz Richard Edwards —, o Dennis Cradle. Tem mesmo a certeza? Porque se estiver enganada. Se *estivermos* errados —

— Não estamos errados — diz Eve.

Estão sentados no Mercedes de 30 anos de Edwards, num estacionamento subterrâneo no Soho. O interior cinzento-azulado está gasto, mas é confortável, as janelas abertas deixam entrar um certo cheiro a fumos de escape.

— Vamos rever os dados.

Eve inclina-se para a frente no banco.

— Agindo de acordo com a informação que nos foi concedida por Jin Qiang, que quase de certeza sabe mais do que nos disse, investigámos um grande pagamento feito por pessoas desconhecidas numa conta num dos Estados do Golfo mantida por um tal Tony Kent. Acontece que Kent é sócio de Dennis Cradle, e quando levámos a cabo uma busca secreta à propriedade de Cradle, encontrámos um ficheiro bloqueado escondido no computador dele. Descobrimos a palavra-passe e abrimos o dito ficheiro, no qual encontrámos os detalhes de uma conta numerada nas Ilhas Virgens Britânicas detida por Cradle. Descobrimos também que uma soma que excede os 12 milhões de libras foi recentemente transferida para esta conta por Tony Kent, a partir da conta que ele controla no First National Bank de Fujairah. Diria que isto são dados suficientemente conclusivos para podermos agir.

— Então, e quer prender o Cradle?

— Proponho que falemos tranquilamente com ele. Não mencionamos essas contas nem os pagamentos a ninguém — nem ao Departamento de Impostos, nem à polícia, a ninguém. Em vez disso, deixamos tudo nos devidos lugares. Mas vamos atrás do Cradle. Ameaçamo-lo com exposição, vergonha, processos judiciais, o que for necessário, e sacamos-lhe todas as informações de que dispuser. Se ele nos ajudar e concordar que o manipulemos para apreender os seus chefões, ele pode ficar com o dinheiro. Se não nos ajudar, atiramo-lo aos leões.

Edwards franze o sobrolho, criando um leve som de percussão ao bater com os dedos no volante.

— Se estiver correta sobre as pessoas que lhe andam a pagar…

— Estou certa.

Ele olha pelo para-brisa para as paredes de cimento e para o teto baixo, equipado com aspersores.

— Eve, ouça. Já há suficientes pessoas mortas nesta história. Não quero que você nem o Dennis Cradle se juntem a esse número.

— Vou ter cuidado, prometo. Mas quero apanhar esta mulher e vou apanhá-la. Ela matou o Viktor Kedrin debaixo do meu nariz, matou o Simon, e sabe-se lá quantos mais além deles.

Ele acena afirmativamente, com uma expressão grave.

— Ela tem de ser detida, Richard.

Richard fica em silêncio por um momento e depois suspira.

— Tem razão. Tem de ser detida. Avance.

Quando Eve chega a casa, Niko está sentado à mesa da cozinha a fazer cálculos num bloco de notas. A mesa está cheia de componentes elétricos e ingredientes de cozinha. Ele tem um ar cansado.

— Então — pergunta ele, cuidadosamente —, encontraste aquilo de que andavas à procura naquele ficheiro?

— Sim — responde ela, beijando-lhe a cabeça e caindo na cadeira ao lado dele. — Encontrámos. Obrigada.

— Excelente. Podes passar-me esse gobelé de vidro?

— O que é que estás a fazer?

Ele amarra dois fios a um multímetro com duas pinças, levando a que a agulha se agite de forma louca.

— Estou a criar uma célula de combustível catalisado por enzimas. Se acertar nisto, devemos poder começar a carregar os nossos telemóveis usando açúcar em pó.

— Peço desculpa por andar tão distante, Niko. Verdadeiramente. Quero compensar-te.

— Soa promissor. Talvez possas começar por pôr a chaleira a ferver?

— Faz parte da experiência?

— Não. Mas achei que podíamos beber uma chávena de chá. — Ele senta-se direito e estica os braços. — Então esse projeto em que estavas a trabalhar terminou?

Por trás das costas dele, Eve tira a pistola Glock 19 do coldre da cintura e guarda-a na mala.

— Não — responde ela. — Estamos apenas no início.